mdv

Manfred Anders

Fred Frohberg
Zwei gute Freunde

mdv Mitteldeutscher Verlag

„Wenn etwas zählt in meinem Leben,
dann vielleicht, daß ich damals
manch einem Mut gemacht habe:
Es geht! Du schaffst es!
Einfach mit meinem Auftreten,
so, wie ich auf der Bühne stand!"

Fred Frohberg, 1988

Inhalt

Idee zu einem Buch 7

Sorgenfreie Kindheit, Kriegserlebnis,
Berufssuche mit „Umwegen" 11

Die Frau fürs Leben und viele Freunde 27

Von „Prelude d'amour" bis „Zwei gute Freunde" 42

„Seemann" und „Filmstar" 58

Vom Orchestersänger zum eigenen „Chef" 83

Almut Frohberg: Die schönste Zeit in meinem Leben 106

Freunde, Kollegen und Fans erinnern sich 109

Julia Axen, Fred Bertelmann, Hans-Jürgen Beyer, Walter Eichenberg, Ina-Maria Federowski, Fips Fleischer, Günter Frieß, Maja Catrin Fritsche, Dagmar Gelbke, Fred Gigo, Lutz Jahoda, Siegfried Jordan, Ingrid Kaiser, Günther Krause, Herbert Küttner, Martina Mai, Gert Natschinski, Dr. Heinz Niedermann, Eva Maria Pieckert, Frank Schöbel, Gisela Steineckert, Ingeborg Stiehler, Manfred Uhlig, Peter Wieland

Idee zu einem Buch

Wenn in der DDR über Schlager und ihre Interpreten gesprochen wurde, fiel der Name Fred Frohberg als einer der ersten. Durch seine Gastspiele in vielen Ländern war er auch über die Landesgrenzen hinweg ein Begriff. In der Tschechoslowakei und in Ungarn wurde er viele Jahre in Folge zum beliebtesten ausländischen Sänger gewählt. Seine Popularität erarbeitete er sich durch seine unverwechselbare Stimme und die musikalische Vielseitigkeit – Tagesschlager, aber auch Gospels und Volkslieder, ebenso wie gefühlvolle Balladen und Opernarien gehörten zu seinem Repertoire. Für einige seiner erfolgreichen Lieder schrieb er Musik und Text selbst. Aber nicht sie allein waren das Geheimnis der Beliebtheit des Sängers. Trotz seiner Erfolge – mehr als 50 Jahre stand er auf den Unterhaltungsbühnen, im Plattenstudio, hinter Radiomikrofonen und vor TV- und Filmkameras – blieb er für seine vielen Verehrer ein bescheidener Künstler, ein Prominenter „zum Anfassen". Erfolg machte ihn nicht blind. Seiner schweren Kriegsverletzung zum Trotz setzte er sich in seinem Beruf durch, wurde zum Vorbild für Menschen, die mit ähnlichen Schicksalsschlägen konfrontiert waren.

„Eigentlich hatte ich nie daran gedacht, mal ein Buch schreiben zu müssen. Und deshalb habe ich all das, was ich erlebt habe, nicht archiviert und geordnet. Da ich kein ordentlicher Mensch bin, habe ich immer gedacht, das Wichtigste wird schon im Gedächtnis bleiben. Ich bin nicht so, wie mein Freund Herbert Küttner, der eine leidenschaftliche Affinität zu Archiven hat und auch eines der größten zur DDR-Unterhaltungskunst zusammengetragen hat. Und ich kann mich auch nicht mehr auf das phänomenale Gedächtnis meiner ersten Frau berufen, die 1991 verstorben ist. Sie hatte alles, was an Namen und Gegebenheiten für mich von Wichtigkeit war, immer gut behalten. Mein Sohn hat diese Eigenschaft geerbt von

ihr, aber er hat nur bis zu seinem 17. Lebensjahr mit mir gemeinsam gelebt. Dann ging er zum Studium. In diesen Jahren hat er viel notiert, kann es bei Anfrage auch abrufen. Von ihm bekomme ich manche Begebenheit aus meinem Leben erzählt. die ich im Laufe der vielen Jahre schon vergessen hatte. Ich war in dieser Hinsicht uneitel. Ich habe nie gedacht, daß mein Lebensweg einmal wichtig für ein Buch sein sollte. Deshalb ist das, was auf den folgenden Seiten aufgeschrieben ist, leider unvollständig. Ich hoffe aber trotzdem unterhaltsam und informativ."

Mit diesen Sätzen beginnt die erste Kassette, auf der Fred Frohberg Ende 1997 begann Erinnerungen an sein Leben aufzuzeichnen. In den 80er Jahren sollte schon einmal eine Biographie von ihm in der DDR gedruckt werden. Wegen Papiermangel verschwand das Vorhaben in der Versenkung, zumindest begründete der damalige Verlag das Ende des Projektes damit.

Wir lernten uns 1993 kennen. Ich interessierte mich schon als Kind für Tanzmusik und Schlager, natürlich auch für Fred Frohberg. Viele Jahre später bat ich ihn als freiberuflicher Journalist mir ein Interview für eine Zeitung zu geben. Zu seinem 70. Geburtstag entstand ein Filmbeitrag für den MDR. In unregelmäßigen Abständen trafen wir uns wieder, der Kontakt riß nicht mehr ab.

1997 versuchte ich ihm die Idee schmackhaft zu machen, gemeinsam ein Buch zu schreiben. Seine erste Reaktion war: „Wer soll sich denn dafür interessieren!?" – keine Koketterie, sondern seine ehrliche Meinung. Nach dem Prinzip steter Tropfen höhlt den Stein, haben seine Frau, sein Sohn, Kollegen, Freunde und auch ich es dann zumindest geschafft, daß er öfter zum Diktiergerät griff. Als er am 1. Juni 2000 starb, hinterließ er auch rund sechs Stunden Bandmaterial, hinzu kamen ca. 30 Seiten Protokolle unserer Gespräche. Sie reflektieren vor allem seinen durch den Krieg kompliziert gewordenen Weg auf die Bühne und die zehn Jahre beim Rundfunktanzorchester Leipzig, seine Erfahrungen mit dem neuen

Medium Fernsehen und die Arbeit für die Schallplatte. Interessant die Erinnerungen an sein eigenes Ensemble, das von 1967 bis 1978 ein höchst interessanter Tupfer in der DDR-Unterhaltungsszene war. Die 80er und 90er Jahre bis zu seinem Tod sind leider nur sehr bruchstückhaft skizziert. Die Krankheit von Fred Frohberg hat die intensive Beschäftigung damit leider verhindert.

Trotz des torsohaften Charakters der Aufzeichnungen ergeben sie einen aufschlußreichen Einblick in die Unterhaltungslandschaft der DDR der 50er und 60er Jahre, reflektieren die persönliche und künstlerische Entwicklung eines Interpreten, der sie maßgeblich geprägt hat. Und auch wegen der bewußt gewählten, sehr persönlichen Sicht sind sie ein interessantes Zeitdokument. Um sie rasch und ohne weiteren Verzögerungen seinen zweifelsohne noch zahlreichen Fans und Freunden zugänglich zu machen, sind sie nur in bescheidenem Maße mit Informationen aus anderen Quellen ergänzt worden. Kollegen, Freunde und Verehrer haben meine Bitte erfreut aufgenommen, ihre Erinnerungen aufzuschreiben. Anekdoten und Geschichten verknüpfen sich zu einem interessanten Zeitgeistmosaik und ergänzen das Bild vom Menschen und Künstler Fred Frohberg. Wenn der eine oder andere Name vermißt wird, liegt das daran, daß gesundheitliche Probleme ihren Tribut forderten.

Mein besonderer Dank gilt allen die geholfen haben, daß dieses Buch erscheinen konnte, vor allem Almut Frohberg.

Leipzig, Juli 2001
Manfred Anders

Sorgenfreie Kindheit, Kriegserlebnis, Berufssuche mit „Umwegen"

Drei Flaschen Schnaps

Drei Flaschen Schnaps waren 1948 so viel wert, wie der Goldklumpen aus dem Märchen vom Hans im Glück. Auf dem schwarzen Markt wären dafür damals Zigaretten, Brot und andere nützliche Dinge eintauschbar gewesen. Oder zwei Rieseneimer Heringe, wie noch zu berichten sein wird. Aber nicht deshalb habe ich die Geschichte in gemütlicher Runde immer wieder gern erzählt, und sie darf auch in diesen Erinnerungen nicht fehlen. Sie haben mich meinem Ziel, Sänger zu werden, ein ganzes Stück näher gebracht. Ende Februar/Anfang März 1948 – ich studierte schon in Erfurt am Thüringischen Landeskonservatorium Erfurt – kam ich mit meiner Frau nach Halle, meine Mutter besuchen. Sie wohnte in der Nähe der Burg Giebichenstein. Vom Bahnhof wollten wir mit der Straßenbahn Richtung Kröllwitz. Die „Bimmel" zuckelte durch die Stadt und meine Frau machte mich auf ein Plakat aufmerksam, das bei dem Tempo gut zu lesen war und mich regelrecht elektrisierte: „Erstes Schlager-Preissingen im Stadtschützenhaus in Halle mit dem Orchester Herbert Ehrt". Das war eine Bigband, die nicht nur in der Saalestadt bekannt war. Auf der einen Seite sah ich die Chance, vielleicht meinem Traumberuf etwas näher zu kommen. Trotz meiner Verletzung aus dem Krieg hatte ich den Wunsch noch nicht aufgegeben. Auf der anderen Seite war ich unschlüssig, ob ich mich da melden sollte. Viel Zeit zum Vorbereiten blieb auch nicht mehr. Allerdings war der 1. Preis auch nicht zu verachten: Drei Flaschen Schnaps! Meine Frau bohrte immer und immer wieder, meinte auch, daß ich mir diese Chance doch nicht entgehen lassen sollte. Also bin ich hingefahren, gespannt, was da auf mich zukommen würde. Herbert Ehrt sprach mit allen Bewerbern, mit welchem Lied sie

in den Wettbewerb gehen wollten. Bald kam der bekannte Orchesterleiter auch zu mir. Ich hatte mir „No can do" ausgesucht, einen amerikanischen Hit den ich aus der Gefangenschaft kannte und den zu dieser Zeit die Spatzen von den Dächern pfiffen. Ziemlich skeptisch meinte er: „Wenn Sie daran sterben wollen, ist das Ihre Sache. Chance haben Sie damit keine!" Das sah ich natürlich ganz anders. In einer Mischung aus Selbstbewußtsein und Arroganz antwortete ich ihm ziemlich patzig: „Das müssen Sie schon mir überlassen!"
Der Wettbewerb dauerte ziemlich lange, ob die anderen gut oder schlecht sangen, habe ich nicht wahrgenommen. Ungefähr 25 hatten den gleichen Mut wie ich und träumten vom 1. Preis und einer großen Karriere. Obwohl es bei der Probe ganz gut geklappt hatte und trotz meiner selbstbewußten Antwort, war ich natürlich aufgeregt und meines Erfolges gar nicht sicher. Endlich war die Warterei zu Ende, als letzter kam ich auf die Bühne. Das Orchester begann zu spielen, Herbert Ehrt gab mir den Einsatz und alles klappte bestens. Der Beifall war laut und heftig. Nun wartete ich gespannt, welche „Noten" ich von der Jury bekommen würde. Alle zehn Preisrichter gaben die Höchstnote, mit 100 Punkten hatte ich gewonnen. Mit meinem „Pokal" unter dem Arm landete ich zu Hause und wurde mit großem Hallo begrüßt. Über die Qualität des Flascheninhalts kann ich nichts sagen. Meine Tante Else, die ein großes „Organisationstalent" war, hatte sofort eine pfiffige Idee, um meinen Gewinn nutzbringend zu vermarkten. Am kommenden Tag ging sie auf große Reise nach Hamburg, seinerzeit ein nicht ganz einfaches und ungefährliches Unterfangen. Nach einer knappen Woche kam sie mit zwei Eimern Hering zurück! Diese wurden in Butter, Mehl und andere Dinge getauscht und wir hatten für einige Zeit gut zu essen.
Noch wichtiger als der „materielle" Preis war für meine Zukunft ein Gespräch mit dem Ansager des Abends (den Begriff Moderator kannte noch niemand!). Ein junger, schlanker Mann, der seine Sache – wie ich auch angesichts des Ausgangs des Wettbewerbs fand – recht gut gemacht hatte. Er stellte sich mir als Heinz Quermann vor. Ein

Name, der mir nichts sagte. Aber mir gefiel sein Satz, daß ich ganz gut gesungen hätte, und er fügte noch hinzu: „Melden Sie sich doch mal in Leipzig beim Rundfunk. Das neu gegründete Tanzorchester unter Kurt Henkels sucht wohl einen festen Sänger!" Seit 1947 gab es die Band und ich hatte sie schon oft im Radio gehört. Ich war begeistert von den swingenden Rhythmen, stilistisch exakt gespielt.
Natürlich habe ich mich gleich am kommenden Tag in den Zug nach Leipzig gesetzt. Im Funkhaus an der Springerstraße kam mir im Flur der Mann entgegen, den ich vom Vortag kannte: Heinz Quermann. Der erkannte mich auch wieder: „Sind Sie nicht Herr Frohberg aus Halle, der gestern das Schlager-Preissingen gewonnen hat?" Ich hatte wenig Erfahrungen mit der Branche, aber zumindest mitbekommen, daß Selbstbewußtsein nicht schaden kann. Also erklärte ich meinem neuen Bekannten, daß ich zum Chef der Unterhaltung vom Leipziger Rundfunk bestellt sei. „So", sagte Quermann, „das sollte ich eigentlich wissen, denn dieser bin ich!" Ich bekam eine knallrote Rübe und dachte schon, daß mit dieser Frechheit alles zu Ende wäre. Aber Heinz Quermann verzieh mir meine Notlüge und ging mit mir in den Sendesaal 5. Dort probte gerade Kurt Henkels mit seinen Mannen!
In der Pause wurde ich dem „Maestro" vorgestellt, mein Erfolg vom Vorabend lobend erwähnt. Und mit dem Satz: „Vielleicht hörst du ihn dir einmal an!" verschwand Quermann. Die Rhythmusgruppe – Günter Oppenheimer am Piano, Fips Fleischer am Schlagzeug und Willi Schade am Baß – begleitete mich. Die anderen Musiker lauschten und trotz der Aufregung bekam ich mit, daß ich einen ganz guten Eindruck hinterließ. Auch Kurt Henkels meinte, daß er sehr angetan wäre und verabschiedete mich mit den Worten: „Ich kann mir schon eine Zusammenarbeit vorstellen, Sie hören von uns!" Später, bei den ersten Proben, erzählten mir die Musiker, daß Henkels aber auch Bedenken hatte. „Was soll ein Kriegskrüppel auf der Showbühne?" hatte er die Band gefragt. Rolf Kühn, Walter Eichenberg und andere widersprachen ihrem „Chef" und Fips Fleischer brachte es auf den

Punkt: „Er soll nicht tanzen können, sondern singen! Und das kann er sehr gut!" Lange mußte ich auf Antwort warten, aber als dann der erlösende Brief aus Leipzig kam, wollte ich den Zeilen auf dem Papier kaum trauen: Ich war ab Oktober 1948 angestellt als fester Sänger! Die drei Flaschen Schnaps hatte ich lange vergessen. Aber sie bleiben eng verbunden mit dem Start in meine Sängerlaufbahn. Mehr als 1.000 Titel sind in fünfzig Jahren Rundfunkarbeit entstanden, viele davon in dem Sendesaal des Leipziger Funkhauses, in dem ich mit viel Herzklopfen vorgesungen hatte. Mehr als 200 Schallplatten habe ich im In- und Ausland besungen. Nicht alle waren gleich gut, oft war auch eine „Gurke" darunter, wie Musiker sich gern ausdrücken. Der bekannteste, auch heute noch, ist das Lied von den „Zwei guten Freunden", deshalb wählte ich diese Titelzeile als Motto für meine Erinnerungen.

Blechflöte, Stadtsingechor Halle und ein bemerkenswerter Großvater

Die Liebe zur Musik habe ich von meinem Vater Kurt, einem Vollblutmusikanten, mitbekommen. Er war Solotrompeter am Stadttheater in Halle. Ob meine Stimme schon auffiel, als ich am 27. Oktober 1925 in der Stadt der Halloren den ersten Schrei auf dieser Welt von mir gab, ist nicht überliefert. In meiner Geburtsurkunde steht als Vorname Manfred. Aber genannt wurde ich später immer nur Fred und dabei ist es geblieben.

Andere Eltern schenkten ihren Kindern Bauklötzer, Autos und Teddys. Schon als kleiner Junge lagen bei mir Musikinstrumente auf den Gabentischen. Mit drei Jahren bekam ich eine Blechflöte, die ich wenige Monate später schon einigermaßen beherrscht haben soll. Jedenfalls sollen meine Eltern und Großeltern den von mir geblasenen kleinen Musikstücken andächtig gelauscht haben. Später schenkte mir Großvater eine Okarina, auch auf ihr blies ich ganz gut. Und gesungen habe ich

Das Stadttheater Halle (um 1930).

als Kind schon gern. Wenn Besuch da war und der Kleine mit dem hübschen Lockenkopf ein Lied geträllert hatte, gab es ein Stückchen Schokolade oder einen Groschen als Belohnung. Mit zwölf Jahren gehörte schon Mozarts „In diesen heiligen Hallen" zu „meinem Repertoire". Auch viele andere Opernarien kannte ich. In diesem Alter war es auch, daß ich erstmals daran dachte Musik zu studieren, vor allem Gesang. Mein Interesse galt vor allem der Klassik. Ich ging in die Musikschule, begann Klavier zu spielen und befaßte mich mit Harmonielehre, Instrumentenkunde und Musikgeschichte. Im halleschen Stadtsingechor lernte ich später, wie man mit der Stimme umgeht, und entdeckte meine Liebe für den Satzgesang. August Hermann Francke hatte in seinem Waisenhaus Chor und Internat der Stadtsinger geschaffen. Vergleichbar mit dem Leipziger Thomanerchor oder dem Dresdner Kreuzchor. Bloß nicht ganz so berühmt, dafür aber über 50 Jahre älter. Also Händel, Bach und Vivaldi prägten mich. Mit zehn Jahren war ich dort Knaben-Solo-Alt. Aber ich sang auch jeden Schlager, den ich irgendwo hörte. Meine Eltern waren befreundet mit Erich Städtlein, einem Geigenlehrer der im Haus über uns wohnte. Mit dem Komponisten Gerald Platow schrieb er Schlager, so auch „Hörst du mein heimliches Rufen". Im Alter von 13 Jahren hörte ich das erste Mal eine Aufnahme mit den „Comedian Harmonists". Ihr mehrstimmiger Gesang in dieser Qualität hat mich begeistert. Auch das Rudi-Schuricke-Terzett hörte ich gern im Radio.

Aber mich später mit Unterhaltung zu befassen, kam mir nicht in den Sinn.

Vorgänger im Stadtsingechor Halle mit Chordirektor Karl Klanert (etwa 1920)

Mein Vater verschwand ziemlich zeitig aus meinem Blickfeld, nach Mannheim ans Nationaltheater. Die Ehe meiner Eltern bestand damit nur noch auf dem Papier. Später wurde sie geschieden. Meine Mutter Frieda – sie war von Beruf Schneiderin – und ich wohnten bei meinen Großeltern in der Dieskauer Straße, in der Nähe der Merseburger Straße. Ich wurde in der Hauptsache von ihnen erzogen. Die Frohbergs stammten aus Wallwitz, ungefähr 10 km vom Petersberg bei Halle entfernt. Großvater war ein sehr musischer, vielseitig interessierter Mensch, ein sehr kluger Mann. Als 8-Klässler einer Dorfschule hatte er die Beamtenlaufbahn geschafft. Darauf war er sehr stolz. Als Obersekretär bei der Reichsbahndirektion Leipzig-Halle, die ihren Sitz in Halle hatte, war er verantwortlich für die Fahrpläne. Er hat meine musische Begabung sehr früh geschätzt, sorgte dafür, daß ein Klavier angeschafft wurde und ich fleißig übte. In die Schule ging ich gern, vor allem wegen der Musikstunden. In der Luther-Schule sang ich bald im Schulchor und war der beste Gesangssolist. Ich hatte das Glück, daß mein Musiklehrer ein ausgebildeter Opernsänger war, der auch im Rundfunk sang und viel Verständnis für mein Talent hatte. Bei besonderen Anlässen durfte ich Klavier spielen oder etwas singen, hatte gegenüber anderen eine kleine Sonderstellung.

Ich war sehr sportlich, aber nur auf bestimmten Gebieten. Im Gerätturnen war ich eine Pflaume, die Kletterstangen kam ich zwar hoch, aber meist als letzter. Mit Klimmzügen war es nicht viel besser. Andere schafften wesentlich mehr. Spaß hatte ich beim Laufen langer Strecken. Durch meine langen Beine hatte ich Vorteile, mit 14 Jahren war ich schon 1,75 m groß. Ausdauer und Ehrgeiz sorgten außerdem dafür, daß ich immer auf den ersten Plätzen war.

Großvater weckte in mir vielfältige Interessen. Einmal im Jahr war in Halle eine Flugschau. Ich muß sechs oder sieben Jahre alt gewesen sein, als der bekannte Flieger Ernst Udet (später als des „Teufels General" durch Carl Zuckmayer in der Literatur verewigt) im Rückenflug mit einer Siebel-Hummel unter der Saalebrücke durchgeflogen ist. Das war der Prototyp eines Flugzeuges, das in Halle gebaut werden sollte. Natürlich war das ein unwahrscheinliches Erlebnis. Großvater baute mit mir auch Modelle der in Dessau gebauten Junckers-Flugzeuge. Aber von ihm habe ich auch die Liebe zur Natur, er erklärte mir auf unseren Spaziergängen Pflanzen und Vögel. Als Max Schmeling gegen Joe Louis um die Weltmeisterschaft boxte, hat Opa mich in der Nacht geweckt, um die Übertragung im Radio aus Amerika zu hören. Er war auch ein begeisterter Fan des neuen Mediums, baute sich selbst Detektor-Radios, an denen er immer herumzubasteln hatte, um den Empfang zu verbessern. Auf die Olympiade 1936 haben wir uns gemeinsam gründlich vorbereitet, kauften Bücher und Zeitschriften. Als der Leipziger Weitspringer Dr. Lutz Long anfangs weiter sprang als Jesse Owens, dachten wir schon, er würde Olympiasieger. Aber im letzten Versuch sprang der Amerikaner doch noch auf den 1. Platz.

Großvater war ein glühender Nationalsozialist, hatte große Ideale und in Hitlers Partei viele Hoffnungen gesetzt. Ihm wurde das „Goldene Parteiabzeichen" verliehen, eine seltene Auszeichnung. Aber er spürte, daß die Politik anders verlief, als er es sich vorgestellt hatte. Er sprach mit mir einmal darüber, daß es Krieg geben könnte. Ich konnte mit seinen Sätzen aber wenig anfangen. 1937 war es, ich erinnere mich, daß ich von der Schule kam. Ich hatte die Querpfeife unter dem Arm, weil ich gerade vom Spielmannszug kam, und er kam mir auf dem Schulweg entgegen, was ungewohnt war. Normalerweise kam er zwischen 16 und 17 Uhr nach Hause. Deshalb wunderte ich mich sehr, als ich ihn traf. Er sagte zu mir: „Ich muß noch etwas besorgen. Geh du nach Hause, die Oma wartet schon auf dich!" Das war sein Abschied von mir. Er ist nach Leipzig gefahren und hat sich im Rosental erschossen. Erst zwei Tage später erfuhren wir die traurige Nachricht. Er war daran zerbrochen, daß seine politischen Hoffnungen nicht aufgegangen waren. Das war für mich ein großer Schock, denn Großvater war unheimlich wichtig, für mein Denken, Fühlen, für mein späteres Leben. Lange Zeit danach noch, wenn wir mit dem Stadtsingechor bei Beerdigungen wohlhabender Hallenser sangen, war es mir fast unmöglich mitzusingen. Chordirektor Karl Klanert befreite mich dann für einige Zeit von dieser Aufgabe.

Meine Großmutter war eine sehr warmherzige, liebenswerte Frau, eine Oma im idealsten Sinne. Sie hatte sechs Kinder groß gezogen, ich war praktisch das siebente, für das sie mit viel Liebe und Aufopferung sorgte. Immer etwas zu essen auf den Tisch zu bringen, war schwer. Zumal der Verdienst des Großvaters bei der Reichsbahn auch nicht sehr üppig war. Sie kochte unwahrscheinlich gut, backte herrliche Pflaumen-, Apfel- und Kirschkuchen, auch Zuckerkuchen. Das wurden meine Lieblingskuchen. Geburtstage in der Familie bewertete ich danach, wie gut Omas Kuchen geschmeckt hatten. Als ich heiratete, mußte meine Frau viele ihrer Küchengewohnheiten übernehmen.

Meine Mutter heiratete wieder, einen Mann, der für meine musischen Interessen absolut kein Verständnis hatte. Mit ihm kam ich einfach nicht klar und wollte so schnell als möglich weg von zu Hause. Nicht von meiner Mutter, aber von meinem Stiefvater. Den Ausweg sah ich in einer Zeitungsanzeige. Die Heeresmusikschule in Bückeburg suchte Bewerber für die Laufbahn als Militärmusiker.

Als Hornbläser in den Krieg

An der Heeresmusikschule wurden Militärmusiker und Militärmusikmeister ausgebildet. Ich ließ mir die Unterlagen für eine Bewerbung schicken. Mit meiner musikalischen Ausbildung im Stadtsingechor in Halle hätte ich gute Chancen gehabt, angenommen zu werden. Aber die Sache hatte einen ganz entscheidenden Haken: monatlich hätte ich 70 Mark bezahlen müssen. Das war für mich unerschwinglich, niemand konnte mich unterstützen. Meinen Stiefvater hätte ich gar nicht fragen brauchen. Damit war der erste Versuch, von zu Hause wegzukommen, gescheitert.
Ein paar Wochen später – es war 1941 – las ich, daß die Kaiserliche Maria-Theresia-Kadettenanstalt in Wien Zöglinge suchte. Die ziemlich schwierige Aufnahmeprüfung bestand ich und wurde angenommen. Damit war ich zwar ein gewaltiges Stück von Halle weg, aber auf der anderen Seite bereute ich schon bald diesen Schritt. Dadurch war ich freiwillig der Soldatenuniform, und damit auch dem Krieg, in dem seit 1939 schon viele Menschen starben, ziemlich nahe gerückt. Ich war zwar groß und sportlich, aber ein Zackiger sein wollte ich nicht und mit der Ordnung habe ich bis heute meine Probleme. Bei den Zimmerkontrollen, wenn mit dem Finger über die Schrankleisten gestrichen wurde, oder die Wäsche, wie aus Marmor geschlagen, im Schrank stehen mußte, fiel ich meist auf. Aber ich hatte nun einmal A gesagt und mußte auch B sagen und ich packte meine Koffer, es ging nach Wien. Kommandeur der Schule war der

spätere Feldmarschall Rommel, dessen Sohn Manfred als 12jähriger Junge stolz über das Schulgelände in der Wiener Neustadt stolzierte. Später war er lange Jahre Oberbürgermeister von Stuttgart. Der strengen militärischen Kadettenausbildung versuchte ich mich durch die Musik zu entziehen. Ich gründete auf der Schule den ersten Spielmannszug, denn ich hatte auch etwas trommeln gelernt, und Querpfeife spielte ich schon an der Schule in Halle. Dann wurde ich Tambourmajor. Eine eigene Band entstand auch durch meine Initiative, in der ich Klavier und – wenn Not am Mann war – Baß spielte. Letzteres Instrument hatte ich zwar nicht gelernt. Das fiel aber nicht auf, irgendwie habe ich einfach rumgezupft.

Die Schule war im ehemaligen Schloß der Kaiserin Maria Theresia untergebracht. Einen Teil davon durfte niemand betreten, außer dem Kommandeur. Dem Gerücht nach soll sich die Kaiserin zu ihrer Zeit ab und an Reservisten zum Vergnügen in die Gemächer bestellt haben. Über die „Generalsstiege" kam man in einen herrlichen, großen Raum, als Musiksalon eingerichtet. Er wurde unser Übungsraum für das Orchester. Und damit waren wir weg von dem ganzen militärischen Getöse, denn der Kommandeur ließ uns unsere Ruhe. Mittlerweile war ich zum Bataillonshornist „befördert" worden. Früh und abends hatte ich zum Wecken und zum Zapfenstreich zu blasen. Das hatte den Vorteil, daß ich höflich und leise geweckt wurde und wenn ich am Abend langsam in mein Zimmer kam, waren alle Kontrollen schon vorüber. Eines Tages hieß es, daß für einen Film über die Schule die besten Kadetten ausgesucht werden sollten. Es war nicht überraschend, daß ich nicht dazu gehörte. Trotzdem spielte ich letztlich die „Hauptrolle". Der Regisseur hatte keine originellere Idee als den Tagesablauf zum Rahmen für seinen Film zu machen. Und wie wird früh geweckt? Natürlich durch den Hornisten! Dann war Appell. Wer marschiert vornweg? Natürlich der Hornist! Die Freizeit spielte eine große Rolle. Und wer leitete den Chor? Frohberg! Und die Tanzkapelle? Frohberg! Was ich schon ahnte, als ich mich entschied, nach Wien zu gehen, trat 1942 ein. Plötzlich war Schluß mit

Horn blasen und Musik im Zimmer der Kaiserin. Der Krieg hatte mich eingeholt und es ging an die Front nach Osten.

Schwer verletzt in amerikanische Gefangenschaft

Januar 1945 – aus der Ferne war Kanonendonner zu hören und die russische Front rückte näher auf Krakow. Ich lag in der polnischen Stadt in einem Feldlazarett. Es herrschte eine unvorstellbare Hektik. Alle Verwundeten sollten zum Bahnhof gebracht und mit Lazarettzügen Richtung Westen transportiert werden. Am 5. Januar 1945 war in der Nähe des Baranow-Brückenkopfes die Front zum Stehen gekommen. Die Russen hatten die Weichsel überquert, der Versuch sie zurückzudrängen, war gescheitert. Ein Spähtrupp sollte gebildet werden, um Gefangene zu machen, um die Pläne der anderen Seite herauszubekommen. Ich gehörte dazu, und dabei hat es mich erwischt! Um überhaupt mein Leben zu retten, mußte ein Bein amputiert werden. Ich war mutlos. Wie ich später hörte, habe ich – so seltsam es klingen mag – letztlich Glück im Unglück gehabt. Wenige Tage später griff die Rote Armee an, mehr als neun Stunden war die Hölle los. Nur ganz wenige aus meiner Einheit haben überlebt. Buchstäblich mit dem letzten Lazarettzug bin ich dem gleichen Schicksal entgangen. Mein Traum Sänger zu werden, war jedenfalls in ganz weite Ferne gerückt. Was sollte aus einem Krüppel werden? Es war überhaupt noch gar nicht klar, ob ich die Folgen der schweren Verwundung überhaupt überstehen würde. Alles was um mich herum passierte, ließ ich apathisch über mich ergehen. In unserem Zugabteil lagen mehr als dreißig Verwundete, in drei Etagen übereinander. Es stank furchtbar nach Eiter und Körperausdünstungen. Um die Schmerzen zu mildern, waren vielen von uns Beruhigungsmittel gespritzt worden. Mehr im Unterbewußtsein merkte ich, daß der Zug losfuhr. Wohin die Reise ging, wußte keiner von uns. Nach drei, vier Stunden ließen die Schmerzen nach und im Abteil war nur noch ein leises Stöhnen zu hören. Wir fieberten den Schwestern mit den Morphiumspritzen entgegen. Gegen Mitternacht hielt der Zug an und wir sahen von der Ferne einen großen Feuerschein. Wir erfuhren, daß wir in Würzburg ausgeladen werden sollten. Aber die Stadt war gerade bombardiert worden.

Unser Zug mußte weiterfahren und hielt am Morgen auf dem Bahnhof eines kleinen Städtchens: „Tauberbischofsheim" konnten wir auf dem Schild lesen. Auf Sankras verladen, kamen wir in einen in der Nähe gelegenen Konvikt, einem katholischen Stift, der zum Lazarett umgebaut worden, aber nicht für Schwerverwundete vorgesehen war. Die Nonnen kümmerten sich unter den sehr komplizierten Bedingungen liebevoll um uns. Nach einigen Tagen bekam ich sehr hohes Fieber, dessen Ursache sich niemand erklären konnte. Eine der Schwestern saß tage- und nächtelang an meinem Bett und hat sich um mich bemüht. Als Ursache stellte sich letztlich Malaria heraus, offensichtlich ein „Mitbringsel" von der Dnjestr-Front, da hatte es die berüchtigten Anopheles-Mücken gegeben. Mein Zustand war einige Tage recht kritisch. Intensive Gespräche mit den Nonnen halfen mir allmählich mit meinen psychologischen Problemen klarzukommen. Ich gewöhnte mich allmählich an meine Beinprothese. Kam beim Laufen immer besser mit den Krücken zurecht und ganz allmählich schöpfte ich wieder Mut und versuchte mich nützlich zu machen. Natürlich mit Musik! Jeden Morgen spielte ich bei der Morgenandacht auf der Orgel. Von den Ärzten wurde ich immer mal als das gute Beispiel hervorgehoben. Das wollte ich allerdings beim besten Willen nicht sein.

Es muß Ende März/Anfang April gewesen sein. Das Grollen der Front rückte immer näher. Die Amerikaner rückten heran und das Lazarett sollte geräumt werden. Ich war einigermaßen hergestellt und auserkoren, einen Trupp Verwundeter nach Bad Mergentheim zu bringen. Den Auftrag – ein Befehl war es schon nicht mehr – nahm ich natürlich sofort an. Von dort sollten noch Züge in Richtung Mitteldeutschland, meine Heimat, fahren. In der Nacht sind wir losgezogen, 19 Mann. Nach 18 km Marsch kamen wir am Morgen in der Stadt an. Uns wurde erzählt, daß Tiefflieger die Lazarettzüge beschossen hätten. Keiner wollte mehr mit dem Zug nach Hause, denn die Flieger kreisten ständig über dem Ort. Unsere Truppe war sich rasch einig, den für uns vorgesehenen Zug „zu verpassen". In dem Wirrwarr war es auch eine geringe Mühe, das zu schaffen. Weitere Züge fuhren nicht mehr und wir wurden auf die Lazarette am Ort verteilt, ich kam in das „Sanatorium Taubertal".

Dort lernte ich zwei Kameraden kennen, die vor dem Krieg an der Folkwangschule in Essen Musik studiert hatten. Hinzu gesellten sich ein Kapellmeister und ein Rundfunkpianist. Immer wenn wir Zeit hatten, machten wir gemeinsam Musik – zu unserer und der anderen Freude.

Lange dauerte es nicht und die Amerikaner standen vor der Tür und wir waren Kriegsgefangene. Vor allem aber war der schreckliche Krieg zu Ende, die bisher schlimmste und tragischste Erfahrung meines noch jungen Lebens. Mit 17 Jahren war man für „reif" gehalten worden, Sterben und Schrecken zu erleben. Nur wenige Monate vor dem Kriegsende mußte ich den Verlust des Beines mit allen damit verbundenen Konsequenzen verkraften. Für einen jungen Menschen eine sehr komplizierte Situation. Phantomschmerzen und Albträume haben mich das ganze Leben nicht losgelassen.

Major Schwarz und das „lebende Autoradio"

Das Kriegsende brachte uns die Gefangenschaft. Der Krieg war verloren, wir wußten nicht, was die Zukunft bringen würde. Aber mich interessierte vor allem ihre Musik. Aus den Radios swingte und jazzte es, wir waren von der bei den Nazis verpönten „Ami-Musik" begeistert. In unserer kleinen „Band" waren wir uns einig, daß wir diese Musik spielen wollten. Aus dem Gedächtnis schrieben wir Noten und Arrangements und gründeten das „Melodia-Terzett"! Vorbilder waren für uns die „Andrew Sisters" und andere Gruppen, die wir im Radio hörten. Unsere „Bühnenkleidung" war ungewöhnlich, aber wir fielen nicht auf, schließlich trugen alle die gestreiften Lazarettanzüge mit dem Aufdruck „POW – Prisoner of War". Nie wieder habe ich so unmittelbar erlebt, daß Musik, gemeinsames Musizieren die Hoffnung und den Willen neu zu beginnen, so stark beeinflussen kann. Ein Erlebnis, daß ich in meinem Leben nie vergessen habe.

Nach einigen Wochen wurden wir verlegt, zum Glück blieb unsere „Musikantentruppe" beisammen. Wir kamen in eine ehemalige Kaserne bei Darmstadt, dort waren rund 4.000 Verwundete untergebracht. In besonderer Erinnerung ist mir der Kommandeur geblieben, ein Major Schwarz. Er ordnete an, daß sich die Gefangenen zu beschäftigen hätten. Zu ihnen gehörten Professoren, Doktoren, Juristen, Musiker u. a. Fast jeden Abend gab es einen interessanten Vortrag. Einer sprach über Goethe, einen anderen Abend gab es Erlebnisberichte eines Kleingärtners und am dritten Abend stand ein medizinisches Thema auf dem Programm. Es wurde auch ein Unterhaltungsensemble gegründet, zu dem wir drei vom „Melodia-Terzett" natürlich gehörten. Eine große Reithalle wurde umgebaut, eine provisorische Bühne errichtet und es konnte losgehen. Beliebt wurden wir mit Operettenquerschnitten. Langeweile gab es nicht mehr und auch für trübsinnige Gedanken war immer weniger Zeit.

Unser Kommandeur hatte uns drei besonders ins Herz geschlossen. Durch ihn wurden wir das erste und gewiß einzige existierende „lebende Autoradio" der Welt. Wenn er unterwegs war, saßen wir auf der Rückbank und mußten die neuesten Hits für ihn singen. Es war natürlich manchmal auch lästig, weil er uns auch aus dem Bett holte, wenn ein General oder anderer höherer Offizier Geburtstag hatte. Dann hatten wir drei Krüppel „Happy Birthday" oder einen anderen Hit zu schmettern. Wir hatten aber auch den Vorteil, bestens verpflegt zu werden, bekamen Zigaretten, mit denen man herrlich tauschen konnte und hatten vor allem keine Langeweile.

Da Major Schwarz nur Amerikanisch sprach, haben wir im Auto, ohne uns groß Gedanken zu machen, über ihn geschimpft und gelästert. Bis zu dem Tag, als unsere Entlassung vor der Tür stand und wir zum letzten Mal als „lebendes Autoradio" fungierten. Da hat er sich plötzlich umgedreht und im klassischsten Berlinerisch gesagt: „Jetzt hab ick aber die Faxen dicke! Ick hab mir det ein halbes Jahr mit anjehört, nu is aber Schluß! Nu bin ick froh, daß ich euch rausschmeißen kann!" Es stellte sich heraus, daß der Major ein bekannter Herzchirurg aus Berlin war und als Jude 1933 seine Heimat verlassen mußte. Wir bekamen einen knallroten Kopf und schämten uns für unsere vorlauten Klappen.

Im geborgten Smoking zum ersten öffentlichen Auftritt

Im September 1945 sollten wir aus dem Lazarett und auch aus der Gefangenschaft entlassen werden. Der Kapellmeister, der mit uns im „Taubertal"-Sanatorium behandelt wurde, war schon weg. Er hatte uns geraten, uns nach Frankfurt/Main entlassen zu lassen. In die Sowjetsche Besatzungszone dürfte sowieso keiner. Das hat auch geklappt und eines Tages stand das „Melodia-Terzett" tatendurstig bei ihm vor der Tür.
Am 1. Oktober sollte im „Börsensaal" – er war im Krieg nicht zerstört worden – eine große Veranstaltung stattfinden und er hatte die Idee, dort aufzutreten. Der Einfall war nicht schlecht, aber mit den alten Militärklamotten auf die Bühne zu gehen, wäre nicht möglich gewesen. Und was anderes hatten wir nicht! Aber auch dafür gab es einen Ausweg. Bei einer Kleidersammlung war das Passende zu finden. Jeder Smoking war verschieden, der eine hatte breite Revers, der andere schmale. Besonders schwer war es, geeignete Schuhe für mich zu finden. Letztlich hatte ich ein paar beige Afrika-Schuhe ohne Absätze an den Füßen. Mit viel Schuhcreme haben wir sie schwarz umgefärbt. Am Ende sahen wir drei aber ganz passabel aus.

Im „Börsensaal" war es ungemein aufregend, wir hatten ja noch nie vor Publikum in der Öffentlichkeit auf einer Bühne gestanden. Im Programm waren auch Artisten und Tänzerinnen die sich mit uns in einer Garderobe umzogen. Das war zwar ungewohnt, aber keine schlechte Sache. Ich erinnere mich da noch an ein Tanzduo, die beiden zogen sich ziemlich nackt aus und machten an der Türfüllung Dehn- und Streckübungen und Spagat. Alles mit freiem Oberkörper vor uns, die wir jahrelang nur unter Männern waren. Man hatte uns zwar gezeigt, wie wir uns zu schminken hätten. Aber wir haben dabei kräftig übertrieben, so mit richtigen Apfelbäckchen, wir müssen zum Schreien ausgesehen haben. Alle haben uns die Daumen gedrückt, die Profis, die schon aus dem Krieg da waren oder überhaupt gar nicht erst in den Krieg mußten.

Unser Auftritt war etwa in der Mitte des Programms. Wir sangen „The sentimentale journey" und noch zwei andere Titel. Als deutschsprachigen Titel hatten wir einstudiert „Weil der D-Zugführer heute Hochzeit macht, da fährt die Eisenbahn so schnell", ein aktueller Hit von Willi Höhne, der zigmal am Tage im Radio gespielt wurde. Der Erfolg war unwahrscheinlich, ohne Zugabe durften wir nicht von der Bühne. Wir haben noch a cappella ein Volkslied gesungen, und damit war mein erster öffentlicher Bühnenauftritt Geschichte!

Ich hatte in Frankfurt ein gutes Quartier gefunden, bei einem Fleischermeister in der Eschersheimer Landstraße. Der sorgte dafür, daß es mit dem Essen keine Probleme gab. Bezahlt habe ich ihn mit der begehrten „Zigarettenwährung", die bekamen wir als Honorar für unsere Auftritte in amerikanischen Klubs. Obwohl es uns dreien gut ging, bekamen wir allmählich Sehnsucht nach zu Hause. Ich habe dann Anfang 1946 zu meinen Freunden gesagt: „Jetzt muß ich mal wissen, was in Halle los ist. Ich will versuchen, mich durchzuschlagen." Mit meinem amerikanischen Entlassungsschein in der Tasche bin ich losgezogen und nach einigen Tagen auch glücklich, wohlbehalten, aber auch neugierig in meiner Heimatstadt gelandet.

Die Frau fürs Leben und viele Freunde

Glücklich wieder in Halle

Die Reise von der amerikanischen in die sowjetische Besatzungszone war gut gegangen, denn ich kann mich an keine aufregenden Einzelheiten mehr erinnern. Jedenfalls kam ich voller Erwartung in Halle an und war nach fünf Jahren wieder zu Hause. Meine Mutter wohnte mit ihrer Schwester immer noch in Kröllwitz, jenseits der Saale unterhalb der Burg Giebichenstein. Vom Stadtzentrum fuhr vor dem Krieg die Straßenbahn über die Saale. Aber die Brücke war gesprengt! Sie fuhr jetzt bis an die Brückenreste, dann ging es zu Fuß über eine Pontonbrücke. Auf der anderen Seite fuhr die restlichen paar Stationen ein klappriger Bus. Als ich an der Tür klingelte, gab es ein unwahrscheinliches Hallo. Mutter war da und meine Tante Else. Ich war glücklich, beide gesund wiederzusehen. Aufgeregt, wie meine Mutter war, hatte sie für mein Bein erst gar keinen Blick, die Tränen deswegen kullerten erst später. Die zwei Frauen sahen mich von oben bis unten an und stellten wie aus einem Munde fest: „Du siehst aus, wie ein vollgefressener Ami!" Mir war

Die Pontonbrücke über die Saale (1945).

es in den zurückliegenden Monaten auch nicht schlecht gegangen und ich war gut ernährt. Durch das Laufen mit den Krücken hatte ich richtig breite Schultern gekriegt. Aus Aluminiumteilen eines abgestürzten Flugzeuges hatte mir im Lazarett ein Ingenieur ein Prothese gebaut. Er hatte so etwas zum ersten Mal gemacht. Damit bin ich drei Jahre gelaufen und ich kam ganz gut damit zurecht.

Am nächsten Tag ging es los mit den Behördenwegen: Anmelden, um eine Lebensmittelkarte zu bekommen. Das war das wichtigste, damit man etwas zu Essen bekam. Auch wenn es nicht sehr viel war, zumal ich in dieser Hinsicht durch meinen Frankfurter Fleischermeister ziemlich verwöhnt war. Meine Mutter hatte über den Krieg ein Molkereigeschäft, und die Wirren der letzten Kriegstage genutzt, ein paar Reserven „zur Seite zu bringen". Dazu gehörte ein Berg Butterschmalz. Einen Teil davon hatte sie in Büchsen eingeweckt, den anderen in allerlei nützliche Dinge eingetauscht.

Ich hatte erst einmal nichts zu tun und auch keine Ahnung, was auf mich zukommen würde. Ab und an bin ich in die Stadt gefahren, habe versucht diesen oder jenen Freund wiederzufinden. Aber viele waren gefallen oder noch in Gefangenschaft.

Meine Mutter verdiente ihr Geld mit Schneidern. Aus alten Wehrmachtsklamotten und anderen aus Stofflagern zusammengemausten nützlichen Sachen, wurden Kleider, Mäntel und Kostüme genäht. Damit konnten wir auf den Dörfern bei den Bauern Kartoffeln oder andere Lebensmittel tauschen. Kohlen wurden von Mutter und Tante vom Güterbahnhof geklaut, wenn Güterzüge angekommen waren. Eine abenteuerliche und vor allem nicht ungefährliche Angelegenheit. Wer erwischt wurde, mußte im günstigsten Falle seine „Beute" liegenlassen. Zu hören waren aber auch Geschichten, wo Kohlenklau streng bestraft wurde. Zum Glück wurden Mutter und Tante dabei nicht erwischt. Mit ihrer Pfiffigkeit sorgten sie dafür, daß wir eine warme Wohnung hatten, nicht frieren mußten. Und das war in dieser Zeit schon allerhand wert.

Eines Tages stand in der Zeitung, daß die Kapelle Eddi Pesla einen Schlagzeuger sucht. Sie musizierte im „Café Bauer", einer traditionsreichen Gaststätte in Halle. Auf dem Instrument war ich zwar kein Profi. Im Spielmannszug und auf der Kadettenschule hatte ich mir die Grundbegriffe angeeignet. Ich meldete mich, spielte vor und bekam – wahrscheinlich aus Mangel an Bewerbern – den Zuschlag. Endlich konnte ich wieder Musik machen! Das ging auch eine ganze Weile gut, aber es befriedigte mich nicht. Ich wollte vor allem wieder singen und dazu benötigte ich eine Gitarre, um mich selbst begleiten zu können. Mutter verstand meinen Wunsch und wollte mir auch helfen. Eines Tages haben wir uns gemeinsam auf die Reise nach Markneukirchen gemacht. Drei Tage brauchten wir, bis wir im Vogtland ankamen. Im Gepäck hatte Mutter einige Büchsen von dem eingewecktem Butterschmalz und Geld. In dem durch den Musikinstrumentenbau bekannten Ort war es nicht schwer, einen Gitarrenbauer zu finden. Etwas Verhandlungsgeschick war vonnöten, aber das hatte Mutter als Geschäftsfrau. Ein Pfund Butterschmalz und 500 Mark wechselten den Besitzer und ich hatte eine Gitarre mit Koffer! Stolz zogen wir zum Bahnhof und warteten auf den Zug in Richtung Halle. Auch die Rückfahrt dauerte wieder einige Tage.

Neue Hoffnung und die Antifa-Jugend

Es begann eine erlebnisreiche Zeit, in der ich mit anderen jungen Leuten auf einem klapprigen Pferdewagen durch die Dübener Heide zog, oder in der nicht weniger klapprigen Eisenbahn bis nach Torgau fuhr. Ein Freund in Kröllwitz, er konnte wunderbar Akkordeon spielen, erzählte mir, daß es in Halle eine Antifa-Jugend-Gruppe gäbe. Regelmäßig trafen sich ihre Mitglieder in einem Haus am Robert-Franz-Ring. Ich suchte den Kontakt zu Gleichaltrigen und gleich am ersten Abend war ich begeistert bei der Sache. Natürlich diskutierten wir über die Jahre des Krieges, über unsere Erlebnisse und das, was wir in der Stadt sahen. Heimatlose Kinder, die auf der Straße rumlagen. Kinder und Jugendliche klauten und trieben Schwarzhandel. Besonders gefiel mir, daß nicht nur geredet wurde, sondern etwas unternommen werden sollte. Ich war auf eine un-

Vor der Burg Giebichenstein in Halle.

heimlich aktive Truppe gestoßen. Junge Leute, viele der Eltern hatten in KZs oder Gefängnissen gesessen. Überzeugte Antifaschisten die jetzt mit viel Elan ein anderes Deutschland aufbauen wollten. Dazu gehörten Mädchen und Jungen, die später in der DDR in der Politik, der Kultur und den Medien wichtige Ämter hatten. Am bekanntesten Margot Feist (die spätere Frau von Erich Honecker), Heinz Keßler (in der NVA Armeegeneral). Curt Olivier war Stellvertreter des Generaldirektors der Nachrichtenagentur ADN, und Hanns-Dieter Schmidt war viele Jahre Intendant des Theaters der Jungen Welt in Leipzig und auch Autor einer Reihe lustiger Theaterstücke.

Eine der pfiffigsten Ideen war, eine Kulturtruppe zu gründen. Die „Opernabteilung" versuchte sich an Mozarts „Bastienne und Bastien". Platte Agitation gab es in der FDJ-Gruppe überhaupt nicht, wichtig war die Beschäftigung mit Kultur. Wir hatten Spaß daran und unsere Zuhörer auch. Sie konnten die Alltagsprobleme, zumindest für 90 Minuten, einmal (fast) vergessen. So lange dauerte unser Unterhaltungsprogramm. Der bereits erwähnte Hanns-Dieter Schmidt war Ansager und sang Chansons. Ich war mit meinen Ami-Songs zur Gitarre und einigen deutschen Schlagern dabei. Ein, zwei artistische Nummern hatten wir auch zu bieten. Und ein kleines Ballett. Es wurde geleitet von einer ausgebildeten Tänzerin und Choreographin. Aber unsere Mädels waren Laien und deshalb wirkten ihre Tänze aus heutiger Sicht sicher sehr schlicht. Sie erinnerten an die Tanzeinlagen in den alten UFA-Filmen. Wir frotzelten immer herum und meinten, daß ihre Übungen eher erinnern an Wäsche aufhängende Frauen. Aber das war natürlich ein Spaß, übelgenommen wurden solche Sätze nicht.

Wir zogen erfolgreich durch die Lande und ich habe mich in diesem Kreise sehr, sehr wohl gefühlt. Honoriert wurden unsere Auftritte meist mit viel Beifall, einem Teller Suppe oder einem Stück Wurst. Logischerweise sind wir sehr gern in Dörfern unterwegs gewesen, weil da meist die Versorgung im „Vertrag" mit eingeschlossen war. Oft haben wir gleich dort übernachtet, wo wir gesungen und getanzt hatten. Das ging recht problemlos. Hanns-Dieter Schmidt fragte einfach am Schluß des Programms, wer denn bereit wäre, den „Künstlern" eine Bleibe für eine Nacht zur Verfügung zu stellen.

Ich hatte mich angefreundet mit Almut, sie war in der Truppe für die Kostüme verantwortlich. Eines Tages waren wir auch mit der Bahn in die Nähe von Torgau gefahren. Dort stellten wir fest, daß nach dem Programm keine Zug mehr nach Halle fuhr. Meine künftige Frau und ich bekamen auch ein Quartier bei einem Bauern zugewiesen. Wir hatten es uns in dem großen Bett richtig bequem gemacht, als sich plötzlich „Mitschläfer" meldeten. Die ganze Nacht piesackten uns die Wanzen, an Schlafen war nicht zu denken und ich konnte am nächsten Tag kaum noch aus den Augen gucken. Auch das gehört zu den vielfältigen Erinnerungen an diese Zeit, abenteuerlich, verrückt und zugleich schön.

Zweimal Almut

Es war bei einer Veranstaltung im Hallenser „Volkspark", einem sehr bekannten und gern besuchten Lokal. Ich hatte zur Gitarre gesungen, gemessen am Beifall muß ich ganz gut angekommen sein. Von der Bühne entdeckte ich im Publikum ein apartes, schwarzhaariges Mädchen, das mich ganz lieb ansah. Zumindest war ich dieser Meinung! Ich habe sie aber im Getümmel aus den Augen verloren.

Das fand ich sehr schade, aber zu ändern war es auch nicht mehr. Am nächsten Tag fuhr ich mit der Straßenbahn nach Kröllwitz. Wie immer war Halt an der kaputten Brücke. Ich glaubte meinen Augen nicht zu trauen! Aus dem anderen Wagen stieg „Sie", das Mädchen aus dem „Volkspark"! Natürlich habe ich sie angesprochen. Sie sagte mir, daß ich ihr sehr gut gefallen hätte. Wir sprachen über dies und das und schlenderten gemeinsam über die Pontonbrücke. Zum Glück fiel mir noch die ganz wichtige Frage ein: „Wo wohnst du denn?" – „Na, hier in Kröllwitz!" Die Adresse war gleich in der Nähe der Wohnung meiner Mutter. Mit einer Freundin bewohnte sie ein Zimmer und beide studierten an der Burg Giebichenstein. Ich habe sie nach Hause begleitet, wir verabredeten uns für den kommenden Tag und von da an waren wir zusammen.

Zu meinen Auftritten war sie eine liebevolle Begleiterin. Auch 1946 im „Steintor-Varieté" in einer der ersten Revuen, die nach dem Krieg wieder auf dem Spielplan standen. Sie hieß: „Fred Frohberg – ein Mann – eine Stimme – eine Gitarre". Eines Tage bekam ich ein Angebot der Tanzschule Hesse in Halle. Ihre Revue „Tanz im Wandel der Zeiten" wurde später zu einem triumphalen Erfolg und begeisterte Millionen Menschen in der DDR und vielen Ländern Europas. Sie hatten von mir gehört und mich für einen Tanzstundenball in der „Saalschloßbrauerei" engagiert. Noch Jahre danach habe ich bei diesen Bällen gesungen. Meine Freundin Almut war schon überall bekannt, sie hat immer den schweren Gitarrenkasten getragen, wenn ich zu den „Muggen" gefahren bin. Ich brauchte zum Laufen meinen Stock und sie hat mich unheimlich fürsorglich unterstützt. Auch geistig waren wir auf der gleichen Frequenz. Sie hatte eine umfassende Bildung, stammte aus einem humanistischem Elternhaus. Ihr Vater war Journalist, Halbjude, ist 1933 nach Belgien geflüchtet, und der Großvater war ein bekannter Germanist an der Universität in Halle, Prof. Bremer. Sie hat mir sehr geholfen, die durch den Krieg entstandenen Bildungslücken zu schließen. Ihr Interesse galt besonders der klassischen Musik und dem Ballett.

Dazu hatte sie viel Interessantes zu lesen in ihrem Bücherschrank. Als kleiner Junge hatte ich am halleschen Theater auch im Kinderballett getanzt. Zwischen uns stimmte alles, wir liebten uns, und nach vier Wochen Bekanntschaft haben wir uns verlobt.

Der Winter 1946/47 gehörte, zumindest haben das die Chronisten festgehalten, zu den wirklich strengen Wintern. Wir hatten festgelegt, am 19. Februar 1947 zu heiraten. Temperaturen bis zu 20 Grad minus, es war unheimlich kalt. Für eine warme Stube zur Hochzeitsfeier zu sorgen, war keine einfache Sache.

Die „erste" Almut.

Es gab nur eine Lösung: Meine Mutter, Tante Else und Almut gingen auf den Bahnhof Kohlen klauen. Und dabei wurden sie erwischt. Meine Tante hat dem Polizisten erzählt, daß es um die Hochzeit des jungen Mädchens ginge, und die Gäste doch nicht frieren sollten. Er möge doch seinem Herzen einen Stoß geben! „Lassen sie uns doch die paar Kohlen mitnehmen!" Und er hat sich erweichen lassen, aber unter einer Bedingung. „Sie können mir viel erzählen, dann will ich zu der Hochzeit eingeladen werden!" Nichts leichter als das, meine Tante Else und die zwei Frauen zogen glücklich davon mit ihren Kohlen. Was wir nicht erwarteten, trat ein. Die „Staatsgewalt" stand am nächsten Tag mit einer Stange Ami-Zigaretten vor der Tür und feierte mit uns Hochzeit. Mit einem ungewöhnlichen Ausgang. Irgendwie paßten der Hochzeitsstreß und die Ami-Zigaretten nicht zusammen. Ich rauchte und rauchte und plötzlich wurde es mir schwarz vor Augen und ich fiel um. Der Polizist war ein netter Kerl, er hat uns später noch einige Male besucht.

Auf dem Standesamt war nicht geheizt. Der Standesbeamte saß in Filzstiefeln vor uns, eingemummt in einen Lodenmantel, mit dickem Schal und fror unendlich. Er wollte schnell die Zeremonie über die Runden bringen, aber es fehlte noch ein Trauzeuge. Meine Schwiegermutter hatte uns einen befreundeten Zahnarzt vorgeschlagen, der aber nicht erschien. Plötzlich rannte sie auf die Straße, weil sie eine Bekannte sah. Ein kurzes Gespräch zwischen den beiden Frauen und die Sache war perfekt. Wir hatten den erforderlichen zweiten Trauzeugen. Blumen für meine Braut hatte ich auch keine, an einem derartig kalten Wintertag hatte ich gar keine Chance, welche zu kaufen. Trotz der Widrigkeiten war es eine wunderschöne Hochzeit.

Zwei Jahre nach unserer Hochzeit – am 16. März 1950 – wurde unser Sohn geboren. Aus tiefer Verehrung zu Frank Sinatra haben meine Frau und ich ihm den Namen des großer amerikanischen Schauspielers und Sängers gegeben.

An dieser Stelle will ich in der Zeit ausnahmsweise ein paar Jahrzehnte vorausgreifen. 43 Jahre waren wir verheiratet. Gemeinsam sind wir durch dick und dünn gegangen. Almut war der gute Geist im Haus. Sie wachte über meine Termine, war aber auch meine schärfste Kritikerin, von der ich – wenn es sein mußte – ohne Umschweife heftig Pfeffer bekam. Wenn ich im Fernsehen auftrat, blieb sie zu Hause, auch wenn das Publikum gejubelt hatte, sagte sie mir, was ich hätte noch besser machen können. In einer Leipziger Tageszeitung vom März 1974 habe ich einen Beitrag gefunden, in dem die Atmosphäre bei uns zu Hause sehr treffend beschrieben ist. Einiges

Sohn Frank Frohberg.

daraus will ich zitieren: „Früher, schildert Frau Frohberg, brachte Fred, war was nicht nach Wunsch gegangen, immer eine Flasche Sekt mit. Heute ist für sie bereits die Art und Weise, wie er die Gartentür aufschließt, wie er die Sachen ablegt, ein genaues Barometer. Und wenn Grund dazu besteht, sagt er nur: ‚Mutter, ich habe gut gearbeitet ...' Kommt er, aus welchen Ursachen auch immer, deprimiert heim, dann kann er ohnehin nicht gleich schlafen (wenn's in der folgenden Nacht überhaupt noch möglich ist!), dann muß sie ‚wissen, was los ist'. Und gerade, weil sie, glaube ich, glücklicherweise nicht zu der Sorte Frauen Frau gehört, die ihrem Mann unbesehen recht gibt, ist sie für ihn, für seine Arbeit wertvoll, ja, mittlerweile – wie er einräumt – unerläßlich."
1991 starb sie an Krebs. Es war eine schlimme und schwere Zeit, mit der Gewißheit leben zu müssen, daß die gemeinsame Zeit zu Ende geht. Und noch viel schwerer waren die Wochen und Monate danach, mit dem Alleinsein fertig zu werden.

Mit Ehefrau Almut am „Süßen See".

Nach dem Tod meiner Frau war ich ziemlich fertig. Wieder trat in mein Leben eine Frau, die Almut hieß. Als sie mir das erste Mal ihren Namen sagte, glaubte ich meinen Ohren nicht zu trauen. Kennengelernt hatten wir uns Jahre vorher. Ich fuhr mit meinem Auto durch die Leipziger Innenstadt und vor dem Gebäude von „Brühl-Pelz" stand ein LKW und blockierte die Straße, weil etwas abgeladen wurde. Ehe ich zu meckern anfing, fiel mir eine junge, hübsche

Frau auf, die dabei mithalf. Ich rief ihr zu: „Kann man diese Pelze auch als Normalsterblicher kaufen?" Prompt kam die Antwort zurück: „Klar, wenn Sie sich bei mir melden, Herr Frohberg!" Sie war in ihrem Betrieb für die Kulturarbeit verantwortlich, und nachdem ich mich natürlich gemeldet hatte, sang ich dort einige Male bei Kulturveranstaltungen. Wir haben ab und an mal am Telefon miteinander geschwatzt. Aber dann hörten wir lange nichts mehr voneinander. Als meine Frau sehr krank war und ich jemand zum Reden brauchte, habe ich mich wieder gemeldet. Aus guter Freundschaft wurde Liebe, auch unsere Kinder verstanden sich gut miteinander und im Mai 1998 haben wir geheiratet. Ich bin wieder ein glücklicher Mensch geworden.

Noch mal auf der Schulbank

Auf den Bühnen in und um Halle fühlte ich mich zu Hause, hatte Spaß an der Musik und meine Zuhörer auch. Der Wunsch als Sänger meine Brötchen zu verdienen, nahm wieder festere Gestalt an. Ich wußte etwas von Musiktheorie, konnte Noten lesen und danach singen, ein paar Instrumente spielte ich auch leidlich. Aber mir wurde zunehmend klar, daß mein fachliches Können für eine berufliche Laufbahn nicht ausreichen würde. 1947 hörte ich, daß am Thüringischen Landeskonservatorium eine Tanzmusikklasse eröffnet wird. Ich wollte dort studieren, zumal meine Schwiegermutter in Erfurt lebte und eine große Wohnung hatte. Wir waren uns schnell einig, daß ich mit meiner jungen Frau bei ihr einziehen konnte, damit wir während der Studienzeit nicht getrennt sein mußten.
Erfurt war eine wunderschöne alte Stadt, die im Krieg nur wenig zerstört worden war und mir sehr gefiel. Schwiegermutter war eine große Kennerin ihrer Geschichte und eine richtige Wandergesellin. Alles, was in der Umgebung sehenswert war, kannte sie und wollte sie mir zeigen. Mit dem Fahrrad sind wir oft in Richtung Arnstadt

gefahren zum Schloß Molsdorf. Ein Ort, zu dem es mich, wenn ich später in Thüringen war, sehr oft wieder hingezogen hat.
In Thüringens Landeshauptstadt gab es ein reges Musikleben. Der Generalmusikdirektor der Erfurter Philharmonie, Franz Jung, war einer der jüngsten in seinem Amte in Deutschland. Auf dem Spielplan standen interessante Programme. Bei verschiedenen Kammerkonzerten waren wir drei oft interessierte Zuhörer. Almut und ihre Schwester Ingrid sangen schon mit 10, 12 Jahren in der Singakademie. Meine Frau beherrschte die Sopranpartien von Bachs großen Werken: die Johannes- und Matthäuspassion und das Weihnachtsoratorium. Sie hat wesentlichen Anteil daran, daß ich die Musik des langjährigen Thomaskantors besonders mochte. Oft hörten wir sie im Radio oder auf Schallplatte, und sie sang immer „ihre" Partien mit.
Aber ich war nicht nach Erfurt gekommen, um mich an seinen Schönheiten zu erfreuen, sondern um zu studieren. Die Aufnahmeprüfung war bestanden und es konnte losgehen! Einer meiner Lehrer war Heinz Butz, ein hervorragender Unterhaltungspianist. Damalige Kommilitonen waren auch Dieter Zechlin, später ein sehr bekannter Pianist und Professor an der Berliner Musikhochschule, und Egon Morbitzer, viele Jahre 1. Konzertmeister an der Staatsoper Unter den Linden. Viel später erfuhr ich auch, daß der später sehr erfolgreiche Conférencier „Günthi" Krause zur gleichen Zeit an der Schauspielabteilung studiert hatte.
Aus naheliegenden Gründen interessierte ich mich für die Unterhaltungsszene in Erfurt. Musikstudenten wollten an den Abenden „muggen", das gehörte einfach dazu. Dazu benötigte man aber Kontakte. Und man brauchte für das Studium das nötige Kleingeld: Bafög oder andere staatliche Unterstützung gab es damals noch nicht. Mit meiner Frau bin ich an den Abenden durch die Lokale gezogen und habe die Musik getestet, die gemacht wurde. Hörte mir die verschiedenen Bands an und beurteilte ihre Qualität. Einige gefielen mir sehr gut. Dazu gehörte die Truppe von Dieter Brandt. Es war bei den Musikern aber auch bekannt, daß ich schon praktische

Der Mann am Klavier.

Erfahrungen hatte und ganz dufte singen konnte.

Meinem Stilgefühl sehr nahe kam die Band von Bruno Droste, einem hervorragenden Pianisten, der auch komponierte. Er hatte eine Vorliebe für romantische Titel. Eines Abends fragte ich, ob ich bei ihm zum Tanz singen könnte. Er war vom Vorsingen recht angetan und fragte gleich, ob ich nicht öfter Zeit hätte. Natürlich war ich über dieses Angebot sehr glücklich. Mit der Zeit wurde das „Doppelleben" recht anstrengend – am Tage studieren und abends zum Tanz singen. Für Schlaf blieb oft nicht viel Zeit. Bruno Droste ist in meiner Sängerlaufbahn noch mit zwei wichtigen Ereignissen verbunden: Ihm verdanke ich meinen ersten Auftritt im Rundfunk in einer Originalsendung, und meine erste Schallplatte, die 1949 produziert wurde, war ein Titel von ihm.

Dem Jazz gilt sicher die Liebe jedes Musikers und ich war logischerweise oft dabei, wenn sich Studenten und Profis zu sogenannten Jam Sessions trafen. Das waren Abende, bei denen über ein bestimmtes Thema gejazzt und frei improvisiert wurde. Jeder konnte zeigen, was er drauf hatte. Durch meine Auftritte wurde auch eine Erfurter Konzertagentur auf mich aufmerksam, ein kleines privates Unternehmen. Sie vermittelte mir Veranstaltungstermine. Das war ganz praktisch, weil ich nicht mehr „betteln" mußte. Gern erinnere ich mich an Horst Brepina, ein sehr netten, freundlichen Sprecher. Er bereitete mir immer beim Publikum ein „freundliches Bett". Im Bühnenjargon heißt dies, daß man besonders herzlich angekündigt wird. Für einen Anfänger eine enorm wichtige Sache.

Ein Freund fürs Leben: Fred Gigo

Naturgemäß waren die Jahre nach dem Krieg für viele Gleichaltrige eine Zeit beruflicher Neuorientierung. 1947 lernte ich einen Kollegen kennen, den ich von Beginn an mochte: Fred Gigo. Wie oft wir später zusammen auf der Bühne standen oder uns privat trafen, kann ich nicht mehr sagen. Buch geführt habe ich darüber nicht.
Fred kam aus Hohenstein-Ernstthal, seine späteren Reportagen von den Motorradrennen auf dem Sachsenring wurden legendär.
Er hieß damals der „rasende Reporter", seine Sach- und Fachkenntnis waren überall geschätzt und bekannt. Ich kann mich nicht verbürgen dafür, ob die Geschichte stimmt. Mir wurde erzählt, daß im Krieg das Rennreglement verschwunden sein soll. Und Fred hat für die ersten Rennen alle Paragraphen aus dem Kopf wieder neu aufgeschrieben. Nach diesen Regeln ist dann in der DDR und auch anderswo verfahren worden. Also ein toller Mann.
Von Jugend an galt seine Liebe auch der Unterhaltung, er machte sich als Sprecher einen Namen und hatte viele pfiffige Ideen. 1947 war eine Veranstaltung der Landesregierung im Bootshaus in Merseburg anzusagen. Er hatte von mir gehört und wußte, daß ich keine Kapelle brauchte und mich in dem Programm untergebracht. Mit der Straßenbahn fuhren wir zusammen von Halle nach Merseburg, ich mit meinem großen Gitarrenkoffer. Der Zusammenhang ist mir entfallen, jedenfalls gab es auch ein kaltes Büfett mit belegten Brötchen. Für heutige Verhältnisse ärmlich, aber es ist eben alles relativ. Ehe die Gäste richtig zugreifen konnten, schlug Gigo vor, daß wir uns doch was mitnehmen sollten. Also den Gitarrenkoffer aufgemacht und rein mit einigen Brötchen. Zumindest für die kommenden beiden Tage war die Verpflegungssituation recht günstig! Als wir spätabends wieder zurückfahren wollten, staunten zwar einige Gäste, daß wir Gitarre und Koffer getrennt trugen. Warum das so war, ahnte aber niemand.
Gigo ist auch sprachlich sehr begabt. Er beherrscht Latein, spricht perfekt Französisch und Englisch. Eine Überraschung hatte er für

alle, die ihn kannten, Jahre später parat bei einer WM-Übertragung vom Motorradrennen am Sachsenring. Fred arbeitete als Reporter für das Fernsehen und erstmals starteten die Japaner, von denen auch einer gewann. Gigo marschierte schnurstracks mit dem Mikrofon auf den Japaner zu zum Siegerinterview. In der Regie wurden alle blaß, denn es war bekannt, daß der Japaner weder Englisch, Französisch, Deutsch noch eine andere Fremdsprache sprach. Der Regisseur hatte schon die Hand am Regler, als er plötzlich japanische Laute aus dem Munde seines Reporters hörte! Und nicht nur die üblichen Reporterfragen nach Wetter und dem Gefühl nach dem Sieg. Nein, er fragte nach Kubikzentimeter, nach Zahl der Ventile usw., ein richtiges Experteninterview. Keiner wußte, daß Gigo auch Japanisch gelernt hatte.

Von seinen Sprachkenntnissen hatte ich etwas abgeluchst, um damit Jahre später auch einmal Punkte bei einem besonderen Publikum zu machen. Ich hatte ihn mal gefragt, nur so aus Spaß, wie man in Japan sein Publikum begrüßen könnte. Die wenigen Sätze hatte ich mir eingebleut und auch gemerkt. Eines Tages hatte ich einen Auftritt im Kulturhaus in Piesteritz. Als der Vorhang aufging und ich auf die Bühne kam, saßen im Saal ungefähr 250 Japaner. Sie bauten dort im Stickstoffwerk einen neuen Betriebsteil. Ich war ganz erschrocken und dachte, was machst du denn nun mit den kleinen süßen Schlitzäuglein? Da fiel mir der von Gigo gelernte Satz wieder ein. Und ich hatte damit einen triumphalen Erfolg. Hinterher kamen drei Japaner zu mir, um sich mit mir wei-

1955: Fred Frohberg privat.

ter zu unterhalten. Sie wollten nicht glauben, daß ich wirklich nur die paar Worte in ihrer Landessprache sprechen konnte. Aber selbst, wenn man nur einen kurzen Begrüßungsspruch drauf hat, sorgt das natürlich für Sympathie. Bei Auslandsauftritten hatte ich mir das später zum Prinzip gemacht. Zumindest die Begrüßung und noch einen Titel habe ich in der jeweiligen Sprache gelernt. Da ich als Musiker ein „Ohr-Mensch" bin, habe ich die Sprachmelodie immer ganz gut und auch akzentfrei hinbekommen. Darauf war ich sehr stolz, bis mir ein Kollege sagte, daß dies gar nicht so gut sei. „Du mußt immer einen kleinen Fehler einbauen, das ist lustiger und verbindlicher. Man soll doch merken, was du für Mühe auf dich genommen hast beim Lernen!" Man lernt eben nie aus! Und der Beifall wurde noch herzlicher! Die Begrüßungen kann ich noch immer und wenn ich in alten Zeitungen blättere und über meine Auslandsauftritte berichtet wird, denke ich an den Anteil, den mein Freund Fred Gigo daran hatte. Die Freundschaft mit ihm ist mir mein ganzes Leben wichtig gewesen.

Von „Prelude d'amour" bis „Zwei gute Freunde"

Kein Aprilscherz: Erstmals live im Radio

Am Beginn einer erfolgreichen Karriere.

Am 1. April 1948 schaltete der Mitteldeutsche Rundfunk, Sender Weimar, ins Kulturhaus „Katja Niederkirchner" zur Originalübertragung einer öffentlichen Veranstaltung. In der Rundfunkzeitung war ihr Titel zu lesen: „April, April", und es handelte sich um einen Städtewettbewerb zwischen Dresden und Weimar. In verschiedenen Spielrunden wurde ein Sieger ermittelt. Wer das war, daran kann ich mich nicht mehr erinnern. Dafür war ich viel zu aufgeregt, denn ich sollte erstmals im Radio singen! Bruno Droste war mit seinem Orchester verpflichtet, dazu einige Solisten. Erinnern kann ich mich noch an Kammersänger Karl Paul, damals ein sehr bekannter Künstler. Möglicherweise durch das Mittun des „Chefs" hatte es sich bis zu dem jungen Redakteur Harald Sondermann herumgesprochen, daß es mich gibt und ich in Erfurt sang. Einige Wochen vor der Radiosendung kreuzte er bei mir auf mit dem Angebot, an diesem Tag dabei zu sein. Natürlich empfand ich das als eine Riesenehre und im Radio mal singen zu dürfen, war ein Traum für mich. Ich habe zwei Lieder zur Gitarre gesungen von Willi Höhne: „Lernen Sie englisch" und „Hinterm Stein am An-

ger", die Ungarnparodie, mit der wir später nach einem Auftritt mit dem Orchester Henkels noch einmal viel Spaß haben sollten. Und dann noch zwei Titel mit dem Orchester. Es war ein riesiger Erfolg, ich war natürlich sehr stolz – vor allem über das Lob von Bruno Droste. Selbstverständlich war auch meine Frau wieder dabei. Die Treppen zu den Bühnen in den Kulturhäusern waren meist sehr eng und steil. Es war ja mit meinem Bein immer ein bißchen schwierig. Auch in Weimar war der Weg zur Bühne beschwerlich. Aber mit Hilfe von Almut schaffte ich auch diese Hürden. Bei dieser Sendung lernten wir auch die Chefsprecherin vom Sender Weimar, Beate Riemann, kennen. Eine zauberhafte junge Frau, so alt wie ich ungefähr, vielleicht auch ein Jahr jünger. Später hat sie den bekannten Musikprofessor und Rektor der Weimarer Hochschule, Prof. Werner Felix, geheiratet, der dann auch in Leipzig Rektor der Hochschule wurde. Als beide in Leipzig wohnten, haben wir uns regelmäßig getroffen. Eine über viele Jahre haltende und in mehrerlei Hinsicht interessante und wertvolle Freundschaft.
Das Angebot, am 1. April 1948 im Radio zu singen, war letztlich kein Aprilscherz, was ich erst vermutete, sondern ein Datum, das ich natürlich nie vergessen habe.

Start beim Orchester Kurt Henkels in Leipzig

Ich studierte weiter fleißig in Erfurt, wenn sich Gelegenheit bot, sang ich zum Tanz und bei verschiedensten Veranstaltungen. Aber so ganz bei der Sache war ich nicht mehr, das gebe ich ehrlich zu. Es hatte sich auch einiges ereignet. Der erste Rundfunkauftritt lag hinter mir, der in Halle gewonnene Sängerwettbewerb und das vielversprechende Vorsingen bei Kurt Henkels ließen mein Selbstbewußtsein steigen, vielleicht kann man es auch Überheblichkeit nennen. Aber es wuchs bei mir die Ansicht: „Jetzt ist genug studiert." Langsam rückte der Oktober 1948 heran und ich wartete sehnsüch-

tig auf den versprochenen Brief aus dem Leipziger Funkhaus. Mitte September war es dann soweit, der Briefträger stand vor der Tür, Kurt Henkels hatte Wort gehalten, ich bekam eine Einladung zur Probe. Und der Brief ließ hoffen, daß eine weitere Zusammenarbeit mit dem Orchester möglich werden könnte. Obwohl damit noch gar nichts entschieden war, stellte sich bei mir das Gefühl ein, als ob Weihnachten und Hochzeit auf einen Tag fallen würden! Obwohl die Band erst ein knappes Jahr existierte, hatte sie bereits einen exzellenten Ruf. Nach dem Krieg war in Leipzig ein Tanz- und Unterhaltungsorchester unter Leitung von Erich Donnerhack gegründet worden. Aber in der Springerstraße merkte man bald, daß zwischen Johann Strauß und Duke Ellington doch gewaltige Unterschiede bestanden. Mit der zunehmenden Zahl von Sendungen entschloß man sich, ein neues Orchester zu gründen. Kurt Henkels bekam den Auftrag, dafür geeignete Musikanten zu suchen. All die Hintergründe kannte ich nicht im einzelnen, wußte auch nicht, daß bereits seit 1947 zur Band eine ständige Solistin – ihr Name war Irma Baltuttis – gehörte. Ihr zur Seite wurde jetzt ein männlicher Gesangsolist gesucht.
Jedenfalls ließ ich Studium Studium sein und war gespannt auf das Abenteuer Rundfunk! In den ersten Oktobertagen 1948 kam ich wieder ins Leipziger Funkhaus. Henkels drückte mir einige Titel in die Hand, die er für mich ausgesucht hatte und die ich an einem der nächsten Tage singen sollte. Jede Woche am Dienstag und Donnerstag nachmittag war auf den Frequenzen 785 kHz und 9.730 kHz im Programm des Mitteldeutschen Rundfunks das Tanzorchester des Senders Leipzig zu hören. „Der Sender Leipzig ladet ein zu Tanz, Musik und Fröhlichsein", hieß eine Standardreihe am Samstagabend. Dazu sangen die beiden Solisten Irma Baltuttis und Fred Frohberg. Aber soweit war es noch nicht. Ich hatte erst einmal zu proben. Und konnte die Musiker kennenlernen, von denen ich schon viel gehört hatte und die in der Tanzmusikszene klangvolle Namen hatten: Rolf Kühn, den Klarinettisten, den Holländer Hen-

ry Passage, den Saxophonisten. Als Goebbels den „totalen Krieg" verkündet hatte, mußten auch die meisten Musiker an die Front. In einem großen Orchester, daß die Wunschkonzerte für die Soldaten bestritt, wurden die Lücken mit holländischen Musikanten „aufgefüllt". So kam Henry nach Deutschland und blieb nach dem Krieg hier. In Leipzig hat er später ganz in meiner Nähe gewohnt und wir trafen uns auch oft in privater Familienrunde.
Walter Eichenberg, Trompeter und Arrangeur. Er hat wesentlich zu dem unverkennbaren Sound der Band beigetragen. Nicht zu vergessen Günter Oppenheimer und Fips Fleischer, Meister ihres Fachs an Piano und Schlagzeug. Eigentlich hätten es alle Musiker verdient, hier genannt zu werden. Diese Musikanten bei den Proben zu erleben, war für mich ein Riesenerlebnis und an den ersten Tagen erstarrte ich regelrecht vor Ehrfurcht. Aber sie haben mir den Start ziemlich leicht gemacht, erwiesen sich alle als hilfreiche Kollegen. Und ich war glücklich, dazuzugehören. Ich lernte dann auch Irma Baltuttis kennen, eine sehr charmante junge Frau, fünf oder

Luxor-Palast Chemnitz – 1952: Das Orchester Kurt Henkels mit seinen Solisten Irma Baltuttis und Fred Frohberg.

sechs Jahre älter als ich. Sie sah in mir am Anfang ein bißchen einen Konkurrenten, aber das hat sich schnell gelegt. Jedenfalls habe ich mit Günter Oppenheimer die drei Titel, die Henkels für mich vorgesehen hatte, am Klavier geprobt. Es waren Schlager, die damals bekannt waren. Es war auch ein Duett mit Irma Baltuttis vorgesehen, das hieß: „Mariandl, aus dem Wachauer Landel!" Das war nicht gerade so mein Geschmack. Aber das Orchester mußte eben als Rundfunktanzorchester ein breites Publikum betreuen, und da mußten auch die Tagesschlager, die gerade Mode waren, gesungen und gespielt werden. Und für mich war es keine schlechte Lehre und Erfahrung, alles singen zu müssen von „Was wär' das Leben ohne Skat" (ich konnte gar keinen Skat spielen!) bis „Theodor im Fußballtor" (ich habe auch nie in meinem Leben Fußball gespielt). Aber die Proben klappten ganz gut, Henkels war zufrieden, und Mitte Oktober gab er „grünes Licht".

Es ist ein unwahrscheinliches Gefühl, zwischen dem Orchester am Mikrofon zu stehen. Die rote Lampe geht an, das Zeichen, daß man „auf dem Sender ist". Unbeschreiblich, Nervosität und Angst schnüren einem die Kehle zu und man weiß, daß viele, viele Menschen am Radio sitzen und zuhören. Ein falsch gesungener Ton, ein Texthänger, ein verpaßter Einsatz – nichts geht zu korrigieren. Das ist eine Belastung, die der Begriff Lampenfieber nur annähernd trifft. Und dieses Gefühl hat mich in den zehn Jahren Arbeit mit dem Orchester nie völlig verlassen. Die Solisten haben sich gegenseitig geholfen. Anfangs hatten wir nur ein Solistenmikrofon, bei Duetten gab es ungewollt komische Situationen. Bei schwierigen Einsätzen haben wir mitgezählt, wenn nötig auch mal bei einem Texthänger geholfen. Es war eine wunderschöne Zusammenarbeit. Gleich ob im Sendesaal oder hinter der Bühne bei öffentlichen Auftritten.

Immer wenn die bekannte, von Horst Oltersdorf komponierte Erkennungsmelodie gespielt wurde, kribbelte es auf der Haut: Es geht wieder los! Ein herrliches Gefühl!

Die erste Sendestunde mit meinen drei Titeln ging gut. Die Aufregung fiel mir wie ein Stein vom Herzen, und glücklich ging ich zum Zug. In Halle habe ich dann meiner Frau und meiner Mutter in allen Einzelheiten über das große Ereignis berichtet. Noten für neue Titel hatte ich schon mitbekommen und die nächsten Sendetermine. Bald bekam ich auch meinen Arbeitsvertrag: Ab 1. Oktober 1948 war ich fest angestellter Sänger bei einer der besten deutschen Bigbands. Beim alljährlich stattfindenden Big-Band-Schallplattenwettbewerb wurde 1951 die Aufnahme von „Cherokee" Sieger! Die Jury bildeten Musikstudenten aus aller Welt und sie staunten nicht schlecht, als sie erfuhren, wer gespielt hatte: das Tanzorchester des Mitteldeutschen Rundfunks, Leitung Kurt Henkels. Eine tolle Sache, die aber in der DDR-Presse keine große Rolle spielte. Mit Jazzmusik hatte man damals noch seine Probleme!

Aber zurück in meine Anfängerzeit: Vor allem durch die intensiven Proben fühlte ich mich von Auftritt zu Auftritt sicherer. Von den Kollegen bekam ich jegliche Hilfe. Wenn bei mir bei den Proben etwas nicht klappte, dann haben Günter Oppenheimer, Fips Fleischer oder Walter Eichenberg die Stelle noch mal vorgespielt oder vorgeblasen und erklärt, wie es am besten hinzubekommen ist.

Später kamen dann zu den Livekonzerten auch Kollegen aus Berlin, die gern mit Henkels arbeiten wollten. Dazu gehörten Ilja Glusgal, der dann beim RBT-Orchester Schlagzeuger und Sänger war. Oder eine sehr begabte Sängerin: Sonja Siewert, die eine unwahrscheinliche „Swing-Tante" war und ausgezeichnet Akkordeon spielte. Sie sang gemeinsam mit ihrem Mann Herbert Klein. Aus Leipzig war oft Armin Kämpf mit im Programm. Er war ein unwahrscheinlich guter „Verkäufer". Bekannt auch als Sportler auf dem Tennisplatz. Ein lustiger Kollege und richtig dufter Kumpel. Immer gut für einen Scherz. Aus Westberlin waren die Geschwister Ilse und Werner Hass, zwei zauberhafte Leute, im Funkhaus als Gast und bei den „Muggen" mit dabei. Das waren sehr liebe und nette Leute, die auch mal ein paar Ersatzteile aus Westberlin mit-

brachten oder uns anderen kleine Geschenke machten.
Ein sehr lieber Kollege war auch Hans-Herbert Schulz, der als Opernsänger in Dresden und Leipzig sang. Henkels war ein hervorragender Manager und Organisator, aber als Geiger nur ein mittelmäßiger Musikant. Er hatte immer etwas Ehrfurcht vor den Klassikern. Und Hans-Herbert nahm er immer besonders gern mit zum Auftritt, weil dieser auch Opernarien singen konnte. In der Tanz- und Unterhaltungsmusik wurde Schulz unter dem Namen Hanns Petersen bekannt.

Wegbegeiter in den ersten Jahren: Ilse und Werner Hass, Sonja Siewert und Herbert Klein (v.l.).

Er ist dann später ein hervorragender Pädagoge an den Musikhochschulen in Weimar und Dresden gewesen. Unter seiner Leitung habe ich an der Gesangsabteilung der Dresdner Hochschule unterrichtet. Ein wunderbarer, feiner Kollege. Er war der Sohn des damaligen Rektors der Weimarer Musikhochschule, Prof. Schulz, der den Spitznamen „Schabe-Schulze" hatte, weil er Cello spielte. Hans-Herbert Schulz und ich sind uns immer wieder begegnet in verschiedenen Kommissionen, bei der Vergabe von Berufsausweisen oder in Wettbewerbsjurys. Da erwies er sich immer als hervorragender, wissender Pädagoge. Mir in dieser Hinsicht weit überlegen. Und wo gibt es schon mal einen swingenden Opernsänger? Er war sowohl in der U- als auch in der E-Musik bewandert.

Meine erste Schellackplatte: "Prelude d'amour"

Knapp ein Jahr war ich beim Leipziger Rundfunktanzorchester. Jeder Auftritt mit dieser Band war für mich als junger Sänger ein tolles Erlebnis. Immer wieder war ich aufs Neue dankbar, mit diesen wunderbaren Musikanten zusammenarbeiten zu können. 1949 war die DDR gegründet worden, und in Berlin hatte der Sänger Ernst Busch, vor allem bekannt durch die Interpretation von Texten Tucholskys und seine Lieder aus dem spanischen Bürgerkrieg, ein Schallplattenunternehmen mit dem Namen LIED DER ZEIT gegründet. Der „Ableger" für die Tanz- und Unterhaltungsmusik hieß AMIGA. Die Arbeit des Plattenstudios managte ein gebürtiger Grieche, ich kann mich nur an seinen Familiennamen erinnern: Herr Metaxas. Bei einer der Aufnahmen hatte ich mit dem großen Ernst Busch eine Begegnung. Er ging während der Aufnahmen immer mal durch die Studios, hatte aber zur Tanzmusik überhaupt keine Beziehung. Irgendwie hatte ich das Gefühl, daß ihm das eklig war, aber er wußte, daß wir das Geld einspielen für die Klassik. Und da hat er dann immer mal gesagt, so mit muffigem Gesicht: „Na, macht mal hier 'ne anständige Musik, daß ich was verkoofe!" Natürlich gehörte die Leipziger Radio-Bigband zu den Orchestern, die von Beginn an auf den Schellackplatten von AMIGA zu hören waren. Eines Tages nach einer Probe sprach mich Kurt Henkels an und überraschte mich mit dem Satz: „Herr Frohberg, ich würde gern mit Ihnen eine Schallplatte machen! Haben Sie denn einen Titelvorschlag? Es müßte natürlich eine neue Komposition sein!" Ich war riesig überrascht, freute mich auf diese neue Herausforderung und sagte: „Ich habe ein sehr schönes Lied meines Freundes Bruno

Droste. Ob es ein Schlager wird, kann ich nicht einschätzen, aber mir gefällt es. Es heißt: Prelude d'amour." Henkels nahm sich die Noten mit und war mit meinem Vorschlag einverstanden. Beim nächsten Termin hat er ihn in Berlin vorgestellt und auch da gab es zustimmende Reaktionen.

Jedenfalls fuhr ich noch im Jahr 1949 nach Berlin zu meiner ersten Schallplattenaufnahme. Das Studio war in einem Seitenflügel des weitgehend zerstörten Reichstagsgebäudes untergebracht, gleich dahinter verlief die Grenze zu Westberlin. Schon damals war das alles ziemlich abgesichert. Wenn wir aus dem Studiofenster sahen, guckten wir nach Westberlin. Und wenn wir ins Studio wollten, ging es immer erst durch Polizeikontrollen. Das alles hat mich wenig bewegt. Stolz fuhr ich von Halle los, um meine erste Platte zu produzieren. Bald hätte ich etwas „Gepreßtes" in der Hand, konnte die Platte zu Hause vorspielen, wenn Besuch kam und sagen: „Schaut her, da singe ich!"

Schallplattenaufnahmen waren damals eine komplizierte Sache. Das Orchester begann zu spielen und ich stand mit dem Mikrofon mittendrin. Viel später erst wurden Begleitung und die Stimme des Solisten getrennt aufgenommen. Wenn ich etwas falsch sang, mußte das Orchester alles noch einmal wiederholen. Wenn, wie es im Jargon hieß, ein Trompeter eine „Gurke" blies, oder irgendein anderes Instrument daneben lag, konnte ich mir die größte Mühe gegeben haben. Auch ich mußte erneut ran. Das ging so lange, bis der Produzent zufrieden war, also eine recht anstrengende

1955: Porträt Fred Frohberg.

Prozedur. Übel nehmen gab es aber nicht, wir waren alle nur Menschen, und die können bekanntlich Fehler machen. Anderseits konnte die gemeinsame Arbeit im Plattenstudio auch ein großer Vorteil sein. Wenn alle Beteiligten gut drauf waren, beflügelte das die Arbeit und hervorragende Aufnahmen entstanden. Diese gegenseitige Inspiration fehlte später manchmal. Auf der Plattenhülle stand der Name einer Band und eines Interpreten, gesehen hatte man sich bei der Aufnahme nicht. Den Publikumsgeschmack hatte ich mit der ersten Platte nicht so richtig getroffen, jedenfalls wurde es kein großer Hit. Vielleicht weil es ein sehr getragener Titel war, ich habe ihn aber immer gern gesungen. Die großen Hits kamen dann später. Manche künstlerisch weniger wertvoll als mein erstes Lied. Aber der Geschmack ist eben eine komplizierte Sache, über die sich nicht streiten läßt! „Gabriela, Du bist schuld daran", war ein solches „Schnulli"-Lied. Aber Text und Melodie waren eingängig und auf den Standesämtern des Landes sollen Hunderte von Eltern ihren Töchtern den Namen Gabriela gegeben haben!
Ich war dann schon vier, fünf Jahre beim Orchester, und Henkels, als die große Autorität, hatte gern das Bedürfnis, sich auch in Fragen der Interpretation einzumischen. In dieser Hinsicht war er wirklich kein Vorbild. Von meinen Sängerkollegen Fred Bertelmann, Gerhard Wendland oder Wolfgang Sauer hätte ich schon Tips angenommen. Aber die Bemerkungen von Henkels nervten mich. Eines Tages ist mir mal die Hutschnur geplatzt und ich habe zu ihm gesagt: „Herr Henkels, auf der Platte steht nicht drauf: Es verbesserte Kurt Henkels, sondern: Es singt: Fred Frohberg!" Und von da an war Ruhe und er hat sich nicht mehr eingemischt.
Ende der 50er gibt es noch keine Mauer. Schlagersänger aus Ost und West treffen sich bei Veranstaltungen – mal in Westberlin, mal im Ostteil der Stadt. Auch die Vertreter der westdeutschen Plattenfirmen besuchten die Shows im Friedrichstadtpalast und anderswo. Ich fiel mit meiner Stimme auf und bekam das Angebot für einen Plattenvertrag bei TELEFUNKEN. Es wird aber nur eine einzige

Single produziert. Mit dem Orchester Bela Sanders habe ich „Rolling home" gesungen.

Das große Geld verdienen konnte man bei AMIGA nicht, wie oft vermutet und gemunkelt wird. Ich bekam am Anfang für einen Titel 200 Mark, später dann als Maximum 500 Mark. Egal, wie viel Platten verkauft wurden. Auch von Lizenzverkäufen in andere Länder hatten wir nichts. Bei westdeutschen Unternehmen waren die Interpreten prozentual am Gewinn beteiligt. Mehr als 200 „Scheiben" habe ich im Laufe der Jahre produziert. 1985 erschien bei AMIGA eine Porträtplatte von mir. Ein Leipziger Journalist schrieb dazu folgende Zeilen: „Die künstlerische Ernte aus über 40 Jahren Bühnenlaufbahn? Ja und nein. Ja, weil die Auswahl dieser LP eine Menge mitteilt über die große Vielseitigkeit, das fachliche Können und die künstlerische Ausstrahlung des Sängers. Nein, weil sie – natürlich – nur höchst unvollkommen etwas von der Persönlichkeit eines Mannes ahnen lassen kann, der nun schon vier Jahrzehnte maßgeblich die Geschichte und die Entwicklung unserer Unterhaltungskunst mitbestimmt ... Nicht für jeden sichtbar, aber vielleicht für Fred Frohberg noch prägnanter, sind dies die uneigennützige Hilfe, das sachlich fundierte Urteil, der wichtige Rat, die offene und sehr ehrliche, aber nie deprimierende Kritik des Musikanten, des Kollegen, des Freundes, des Kumpels Fred Frohberg." Wohl nach Art von Journalisten übertrieben, trotzdem schön, wenn man offensichtlich erreicht hat, was man als Lebensmotto gewählt hat: für das Publikum da sein. Was wären wir Künstler ohne die, die unsere Lieder hören und die Platten kaufen, oder den Fernseher und das Radio einschalten.

Auf der LP waren auch Titel, die ich bei meinen Auftritten heute immer wieder singen muß, ohne die ich nicht von der Bühne komme. In den letzten Wochen habe ich mit Peter Eichenberg, dem Sohn von Helga Brauer und Walter Eichenberg, zusammengesessen. Er will zu meinem 75. Geburtstag eine CD herausbringen. Wir versuchen eine Kombination meiner Schlagererfolge, den Gospels und Liedern mit meinem später gegründeten Ensemble. *(Unter dem*

Titel *„Zwei gute Freunde"* erschien die CD mit 21 Titeln im Oktober 2000, wenige Wochen nach dem Tod von Fred Frohberg.)

Ein Lied wird mein Markenzeichen: „Zwei gute Freunde"

Mit der Zeit wurde ich Stammgast in den AMIGA-Studios. Es war nicht mehr nur „mein" Rundfunktanzorchester, mit dem ich neue Platten produzierte. Es waren die unterschiedlichsten Besetzungen, oft auch nur für das jeweilige Lied passend zusammengesetzt. Darunter auch welche, die richtige Schlager wurden. Auch mit Streichorchestern sind wundervolle Aufnahmen entstanden. „Bonne nuit, ma chérie", „Sari, wenn der Wein glüht" und vor allem die großen Erfolgstitel von Walter Eichenberg „Einsam liegt mein Schiff im Hafen" oder „Steuermann halte Kurs", eine herrliche Ballade, die ich auch heute noch sehr gern singe. Auch aus der Feder von Gert Natschinski stammen einige meiner „Hits". Für den DEFA-Film „Alter Kahn und junge Liebe" (er kam im Februar 1957 in die Kinos), in dem der junge Götz George eine Hauptrolle spielte, hatte er die Musik komponiert. Mein Lied „Über das weite, weite Meer komm ich zurück, Anne zu Dir!" ist aus diesem Film.

1958 wurde ich wieder einmal nach Berlin bestellt zu einer Aufnahme. Die Noten und den Text kannte ich noch nicht. Das kam öfter vor, daß man verlangte – gewissermaßen aus dem Stand – einen Titel aufzunehmen. Ich wußte nur, daß Gert Natschinski der Produzent war und ich mich mit ihm treffen sollte. Er begrüßte mich und drückte mir zwei, drei Notenblätter in die Hand und tippte auf das oberste Lied. „Damit fangen wir an, beschäftige dich zuerst damit!" Er ging nach nebenan, um mit den Technikern noch die Einzelheiten abzusprechen. Hinter der Glasscheibe saß „Natsch" an den Reglern und debattierte mit den Kollegen Technikern. Mittlerweile sah ich mir Noten und Text an. Sang auch gleich die eingängige Melodie mal kurz an: „Zwei gute Freunde, die sagen nicht ade beim auseinander gehn …" Und während ich vom Blatt vor mich hinsang, dachte ich mir: Mein lieber Scholli, der das geschrieben hat, denkt doch nur an das Geld. Das ist doch mit der Absicht gemacht worden, ein Ohrwurm zu werden. Rhythmus und Text lagen voll auf dem damaligen Publikumsgeschmack. Und lachend sagte ich noch einmal ganz laut: „Da hat aber einer nur an die Kohle gedacht!" Auf einmal klang es aus dem Nachbarraum herüber: „Und du wirst davon auch deinen Vorteil haben!" Ich wunderte mich über die Reaktion. Das klärte sich aber schnell auf. Ich hatte übersehen, daß Gerts Name als Komponist auf dem Blatt stand und zum anderen hatte ich nicht bedacht, daß er durch das offene Mikrofon meine flapsige Bemerkung mitbekommen hatte. Obwohl nach dem Erscheinen der Schallplatte der Kritiker in der Musikzeitschrift „Melodie und Rhythmus" zu mäkeln hatte, daß ein wertvolles Thema auf „billige Art völlig entwertet" worden sei, behielt Gert Natschinski recht. Das Lied hat mich mein ganzes Leben begleitet, ist meine „Hymne" geworden. Wenn heute der Name Fred Frohberg fällt, denkt man im gleichen Augenblick an „Zwei gute Freunde". Egal, wo ich in den vielen, vielen Jahren aufgetreten bin. Ich bin nicht von der Bühne gekommen, ohne dieses Lied gesungen zu haben. Es ist fast zum Synonym für mich geworden, und ich empfinde dies als ein großes Glück.

Eine dufte Truppe

Im Funkhaus in Leipzig herrschte eine wunderbare Atmosphäre. Von der Hektik der späteren Jahre noch keine Spur – wie in einer großen Familie. Die Musiker kannten sich untereinander gut, gleich ob man im Sinfonieorchester, Unterhaltungsorchester, Blasorchester oder Tanzorchester spielte. Zwischen „U" und „E" gab es keine Grenzen! Im Gegenteil!
Eines Tages mußte Prof. Hermann Abendroth für ein Sinfoniekonzert einen wegen Krankheit ausgefallenen Trompeter ersetzen. Ein

Kollege meinte, er würde rasch mal in die „Sieben" gehen. Das war der Probenraum des Tanzorchesters. „Dort gibt es einen guten Mann, der bläst auch die höchsten Töne perfekt!" Gemeint war Horst Fischer, ein Musikant, der sein Instrument meisterhaft beherrschte. In Gershwins „Rhapsodie in blue" gibt es eine äußerst komplizierte schwere Saxophonstelle. Dafür wurde Horst Oltersdorf geholt. Durch diesen Zusammenhalt entstanden auch enge, über Jahre bestehende Freundschaften.

Jährlich veranstaltete der Rundfunk in der Nähe von Leipzig die „Tage des Rundfunks". Dann „flogen" Journalisten und Künstler aus, sprachen vor Ort mit den Hörern. Höhepunkt war ein Funkball, der auch original übertragen wurde. Das Programm gestalteten Künstler aller Sparten. Auch diese Auftritte förderten die Harmonie wesentlich.

Natürlich verbrachte ich meine Zeit hauptsächlich mit Kurt Henkels und seinen Leuten. Ich erweiterte mein Repertoire, wollte nicht nur Titel anderer Interpreten singen. Es gab zwar damals noch nicht die 60:40-Regel, das heißt in jedem Programm im Sender oder unterwegs mußten 60 Prozent DDR-Titel gespielt werden. Und 40 Prozent konnten aus dem Rest der Welt kommen. Das war eine politische Entscheidung, aber auch eine Frage der Devisen, denn dafür mußte ja auch bezahlt werden. Die Regel war nicht sehr beliebt und es gab auch Tricks, sie zu unterlaufen. Aber das war nicht mein Problem, wir brauchten für die vielen Sendungen auch neue Titel. Manche Woche hatte ich zwei, drei neue Aufnahmen.

Immer war ich bemüht, aus jedem Lied das Beste zu machen. Manches „versendete" sich auch zum Glück, wie im Rundfunk-Jargon ein weniger geglücktes „Produkt" genannt wird. Oft war auch wenig Zeit über die Interpretation nachzudenken. In der Regel bekam man die Noten einige Tage vorher mit nach Hause. Dann habe ich mir am Klavier Gedanken über die Gestaltung gemacht und ab ging es ins Studio. Von Vorteil war, daß man die Komponisten aus dem Orchester gut kannte und mit den Arrangeuren immer im Gespräch war, welche Nuance noch zu verändern wäre. Das Singen machte immer wieder neuen Spaß.

Üblich war es, daß Orchester und Solist zusammen die Neuaufnahme produzierten. Erstere Methode hatte den Vorteil, daß man sich gegenseitig beflügelte, möglichst alles optimal zu machen. Wenn aber etwas schief ging, mußten aber auch alle noch einmal ran. Bei „Tina-Marie", einem ganz großen Erfolg der 50er Jahre, gibt es die Stelle mit dem „hopp, hopp". Das spielen vier Posaunen, bläst einer eine „Gurke", war's das schon wieder! Wenn ich gut drauf war, aber ein Orchesterkollege nicht, mußte ich fünf, sechs Mal singen, bis Henkels zufrieden war. Natürlich hatte so was zur Folge, daß bei großen „Schnitzern" eine Runde für die ganze Truppe fällig war.

Im und mit dem Orchester zu singen, halte ich für das allerbeste, eine spannende Sache. Du hast die Kollegen vor dir und den Ehrgeiz nichts falsch zu machen. Das Spannende an diesem Wechselspiel haben alle Kollegen, die vor mir oder mit mir begonnen haben zu singen, immer wieder bestätigt. Ob Fred Bertelmann, Gerhard Wendland, Wolfgang Sauer, Bully Buhlan oder Detlev Lais. Alle waren der Meinung.

Gleiches gilt für die Synchronisation einer zweiten oder dritten Stimme. Mit der Hilfe mehrerer Bandmaschinen später überhaupt kein Problem. Für uns schon! Bei dem Schlager „Ich hab Dich so lieb!" war das nötig. Also stand Helmut Henne, einer der Saxophonisten bei der Aufnahme neben mir und sang mit mir zusammen.

Jahrelang habe ich in der Leipziger Fechnerstraße, in der Nähe der Kongreßhalle am Zoo, gewohnt. Von da war es nicht weit zum Sender Leipzig. Auch wenn das Orchester nur Satzproben hatte, bin ich oft ins Funkhaus gefahren. Ich war damit besser auf meine Arbeit vorbereitet, kannte die Einsätze genau, die stilistischen Überlegungen der Arrangeure. Und hörte, was es Neues in der Band gab, auch nicht unwichtig.

Zunehmend bekam ich Lust, eigene Ideen in die Arrangements einzubringen. In eine Probe platzte ich mit dem Satz: „Ich könnte mir an dieser Stelle auch eine Mundharmonika vorstellen!" Und als ich auch noch sagte, daß ich das selber spielen könnte, wurde es probiert und von da an war ich einige Zeit auch Mundharmonikaspieler in der Henkels-Band. Es gibt einen eigens für mich komponierten Titel, der heißt „Meine Mundharmonika".

1958: Auch auf der Mundharmonika perfekt.

Der gewohnte Big-Band-Sound wird von Saxophonen, Trompeten und Posaunen bestimmt. Als ich einmal vorschlug, fünf Blockflöten einzusetzen, staunten die Kollegen, aber auch das wurde für gut befunden. Ich versuchte immer etwas vom Üblichen abzuweichen. Die Musiker haben viel Wert auf meine Ideen gelegt. Und ich war schon ein bißchen stolz, von den berühmten Kollegen auch auf diesem Gebiet anerkannt zu sein.
Durch die Arbeit wurde auch der Zusammenhalt in der Band immer besser und Freundschaften wurden inniger und intensiver. In der Nähe des Funkhauses gab es das „Chausseehaus", unsere Stammkneipe. Nach den Proben oder den Sendungen trafen sich meist alle Kollegen noch auf ein Bier. Und da es dort auch ein Klavier gab, dauerte es nicht lange, und Günter Oppenheimer saß daran und es wurde mit viel Spaß weitermusiziert.

„Seemann" und „Filmstar"

Vor der Filmkamera in Babelsberg

1954 tauchte ein Fremder im Funkhaus auf, der oft mit Henkels sprach. Keiner wußte zunächst worüber, aber der Buschfunk funktionierte damals schon. Ein Mitarbeiter der DEFA verhandelte mit Henkels über ein Filmprojekt. Natürlich gehörten dazu auch Tanznummern, doch ich machte mir darüber keine Gedanken, das kam für mich nicht in Frage.
Natürlich war ich überrascht, als mich Henkels zu einem Gespräch darüber bat. Auf seine Offenbarung reagierte ich mit der Bemerkung: „Ich freue mich natürlich sehr für das Orchester, aber was soll ich dabei zu tun haben?" – „Natürlich singen, ein schönes Seemannslied in einem Bild um Meer und Seeleute!" Mein nächstes Argument war: „Dafür bin ich der Falsche, ich war noch nie auf dem Meer und mit einem Schiff bin ich auch noch nicht gefahren!" Wir wurden uns dennoch einig und Henkels meinte noch, daß Walter Eichenberg schon beim Komponieren wäre. „Einsam liegt mein Schiff im Hafen" wurde ein wunderschönes Lied, mein allererster großer Erfolg, mit dem ich schlagartig in der ganzen DDR bekannt wurde!
Der Tag kam heran, als wir in den Bus stiegen und nach Babelsberg fuhren. Unabhängig von der Arbeit an unserem Film war es eine spannende Sache, das Fluidum der Filmstadt zu erleben. An dem Ort zu sein, an dem bekannte Filme gedreht wurden und berühmte Schauspieler, wie Hans Albers, Adele Sandrock, Heinz Rühmann und viele, viele andere, gearbeitet hatten.
„Musik, Musik, Musik" war ein 30minütiger Streifen, der im Vorprogramm in den Kinos eingesetzt wurde, um Zuschauer ins Kino zu locken. Gegen die Siegermächte gab es Vorbehalte und viele sowjetische Filme, die in den Spielplan kamen, hatten wenig mit dem Geschmack der Zuschauer zu tun.

Die Handlung war ganz simpel, faktisch war es ein Porträt des Orchesters Henkels. Und die einzelnen Titel wurden, wie in einer Revue, in verschiedenen Bildern, mit bunten Kostümen und Kulissen gedreht. Dann wurde es auch ernst für mich: Vor einem großen Schiff, darüber herrliche Wolken, stand ein riesiges Steuerrad. Ich in Kapitänsuniform mit viel Gold an der Mütze dahinter. Neben mir standen die „Singenden Vier" als Backround-Chor. Ilse und Werner Hass, Sonja Siewert und Herbert Klein waren meine „Matrosen". Als ich mich das erste Mal auf der Kinowand sah, war ich natürlich sehr stolz.

Die DEFA holte mich auch später ab und zu für verschiedene Filme. Mehrfach sang ich nur, war in der Filmhandlung aber nicht zu sehen. Manchmal habe ich für Schauspieler gesungen, die also mit meinen Liedern „glänzten". Das war bei „Alter Kahn und junge Liebe" der Fall. 1965 kam ein Musical in die Kinos „Nichts als Sünde" (nach einer Shakespeare-Vorlage). Arno Wyszniewski spielte den Herzog Orsino und ich „lieh" ihm für den Gesangspart meine Stimme. 1961 drehte die DEFA „Eine Handvoll Noten". Ich hatte eine kleine Episodenrolle, einen Musiklehrer, zu spielen und war damit in meinem Element.

DEFA-Musikfilm: „Musik, Musik, Musik".

Als Musiklehrer im DEFA-Film: „Eine Handvoll Noten".

Als das Fernsehen noch in den Kinderschuhen steckte, waren Revuefilme der „große Renner". Peter Alexander, Caterina Valente, Vico Torriani sind über die Kinoleinwand vielen Leuten bekannt geworden. Die DEFA hat sich auf diesem Gebiet immer schwer getan. Ein großer Erfolg war 1958 „Meine Frau macht Musik". Gert Natschinski hatte die Musik geschrieben, darunter viele Lieder, die richtige Schlager wurden. Später waren dann Chris Doerk und Frank Schöbel mit „Heißer Sommer" äußerst erfolgreich. Ich stand 1962 noch einmal vor der DEFA-Kamera. „Revue um Mitternacht" war der Versuch eines heiteren Blicks hinter die Kulissen des Filmgeschäfts. Manfred Krug und Christel Bodenstein spielten zusammen. Und Gert Natschinski war erneut für die Musik zuständig. „Alles dreht sich um amore", hieß eines der Lieder, in dem ich gemeinsam mit Julia Axen, Fanny Daal, Helga Brauer, Hartmut Eichler und Günter Hapke zu sehen war.

Jedenfalls habe ich die Studios in Babelsberg des öfteren gesehen, in ein ganze anderes Metier mit viel Interesse hineingerochen. Das hatte noch eine angenehme Besonderheit. Wenn man abgedreht hatte, ging man zur Kasse und konnte sein Geld sofort mit nach Hause nehmen.

Nicht die DDR-Antwort auf Freddy Quinn!

Mitte der 50er Jahre war ich in Westdeutschland auf Tournee. Eines Abends saß ich mit Mona Baptiste in Hamburg in einer Kneipe. Die dunkelhäutige Sängerin war Jahre später auch ein gern gesehener Gast in der DDR. Vorn saß ein junger Mann mit einem schwarzen Pullover und sang Seemannslieder zur Gitarre. Mona sagte: „Der junge Mann da vorn heißt Freddy!" Journalisten haben mich später immer wieder mit ihm verglichen. Ich sei die „DDR- Antwort" auf Freddy Quinn. Ein Vergleich, der in mehrerlei Hinsicht nicht stimmte. Zum einen weil wir musikalisch doch sehr unterschiedlich waren, und vor allem waren meine Seemannslieder schon in „aller Ohr" als er gerade bekannt wurde!

Ebenso mißfiel mir, daß ich eine Zeitlang als „Seemann vom Dienst" festgelegt werden sollte. Das Etikett hatte ich durch den Erfolg von „Einsam liegt mein Schiff im Hafen" wegbekommen. Natürlich wird ein bewährtes Rezept immer wieder genutzt. Jeder, der für mich Lieder schreiben wollte, dachte, wenn er das so gut kann, dann auch mit meinem Titel. Auch Walter Eichenberg legte

Der richtige Kurs liegt an.

gleich nach. „Steuermann halte Kurs" ist eine herrliche Ballade geworden mit einer richtig guten Story, dem Wunsch eines jungen Mannes Kapitän auf dem eigenen Schiff zu sein.
Bei Auftritten sollte ich immer wieder Seemannslieder singen. Ich bekam viele Briefe mit tollen Komplimenten. Nur jemand der sich auf See auskennt, könne die Lieder so warmherzig singen. Ich hatte große Mühe, glaubhaft nachzuweisen, daß ich noch nicht einmal die Ostsee gesehen hatte, geschweige denn auf den Weltmeeren unterwegs gewesen bin. Aber ich habe die Titel gern gesungen – sie gehörten zu mir.
Später sind dann noch einige hinzugekommen. Für das Schlagerfestival der Ostseeländer 1964 hatte ich meinen Beitrag selbst komponiert und getextet. „Am Kai wartest Du" bekam dann im Wettbewerb den 2. Platz zuerkannt. Für einen Auftritt in der Hafenbar-Sendung „Klock acht, achtern Strom" des DDR-Fernsehens viele Jahre später hatte der Redakteur mehr als zwanzig Seemannslieder von mir ausfindig gemacht. An einige konnte ich mich gar nicht mehr erinnern! Es war wie bei allen Titeln. Dieser und jener wurde sofort ein Hit, andere fand man gut, aber sie wurden vom Publikum nicht angenommen oder umgekehrt, wieder andere, auch das muß man einmal sagen, hat man gesungen, weil sie jemand komponiert oder getextet hatte, der auch noch Redakteur bei AMIGA oder beim Rundfunk war. Und mit dem wollte man es sich nicht verderben.
Die Zahl belegt aber auch, daß das Gerede mit dem „Seemann vom Dienst" ziemlich stark übertrieben war bei der großen Zahl von Liedern in meinem Repertoire. Es war eine Seite des Sängers Fred Frohberg, zu der ich natürlich auch heute noch stehe.

Mit dem Rundfunktanzorchester auf Tour

Das Rundfunktanzorchester Leipzig war als ausgezeichnete, vielseitige Band bekannt. Entsprechend groß war die Nachfrage. Kurt Henkels konnte Auftrittswünsche nur ungern abschlagen, und wir

waren nahezu jedes Wochenende unterwegs. Unter Bedingungen, die heute nur noch schwer vorstellbar sind.
Nicht selten waren Stromsperren angesagt. Neben Instrumenten und Noten hatte der Orchesterwart auch dafür zu sorgen, daß Streichhölzer und Kerzen im Bus waren. Wenn der Fall eintrat, gab es eine kurze Pause, die Kerzen wurden angebrannt und es ging weiter. Für uns Solisten war es dann schon schwerer, wir mußten ohne Mikrofon weiter singen. In der Zeit wurden Schlagersänger auch danach ausgesucht, ob sie ohne Technik in der Lage waren, einen großen Saal mit ihrer Stimme zu füllen!

Abenteuerlich war schon die Anreise. Drei Jahre nach dem Krieg konnte man sich vorstellen, wie die Busse aussahen, mit denen wir unterwegs waren. An Benzin oder Diesel heranzukommen, war sehr schwer. Bekanntlich macht Not erfinderisch: Die Busse wurden auf Holzgasgeneratoren umgebaut. Hinten wurde eine Art Ofen angebaut und der Motor wurde mit Holzgas betrieben.

Der Bus hat wieder eine Panne.

Mit Reifen sah es auch nicht besser aus. Die Motoren hatten in der Regel jede Menge Kilometer auf dem Buckel, und Ersatzteile waren Mangelware. Wir fuhren immer eher los, als es eigentlich nötig gewesen wäre. Wenn wir zwei Stunden fahren mußten, planten wir vorausschauend sechs ein.
Stand ein Gastspiel in der Wismut-Region auf dem Plan, fuhren wir noch aus einem anderen Grund eher los. An der Strecke waren einige unserer Stammlokale, wo wir gern hielten, weil die Wirte etwas besonderes für uns zu essen hatten. Wenn ich zur Veranstaltung

fuhr oder ins Funkhaus ging, hatte ich normalerweise zwei, drei Schnitten aus einem bräunlichen, brotähnlichen Gemisch und darauf eine Phantasiemischung aus Mehl und Majoran, die an Leberwurst erinnern sollte. Im Bus saß ich immer neben Henkels. Ich bekam oftmals Schlucken, wenn er seine Brote, belegt mit Butter und richtiger Leber- und Schlackwurst, aß. Meine neidischen Blicke hat er nie beachtet.

Die langen Fahrten mußten wir uns irgendwie verkürzen, Karten spielen war meist angesagt. Aber auch viele – aus heutiger Sicht recht alberne – Späßchen sind mir in Erinnerung. Eine Zeit lang hatten wir es mit Erfindungen. Hintergrund war, daß viele bereits vorhandene Dinge von den „Freunden" neu erfunden und uns als Beispiel präsentiert wurden. Wir wurden aufgeklärt, dies habe irgendein Prof. Popow herausbekommen. Dazu haben wir unsere Witzchen gemacht. Beispielsweise ernannten wir zum Erfinder des Kommandos „Stillgestanden!" Leo Tolstoi! Natürlich versuchte dann der nächste den Vorsprecher zu übertrumpfen.

Schlafen hatte der vielen Pannen wegen keinen Sinn. Ganz besonders schlimm war es, wenn wir in der Nacht bei der Heimfahrt hängenblieben. Dann standen wir mißmutig auf der Straße herum und hofften, daß es bald weiter ging. Einmal kamen wir von Dresden und hatten zwischen Oschatz und Leipzig Panne. Es war eine laue Sommernacht und Fips, unser Mann für die „grandiosen" Ideen hatte einen Einfall! „Was wird ein Autofahrer denken, der mit seinen Scheinwerfern die Straße abtastet und plötzlich 17 nackte Är... sieht?", fragte er scheinheilig. Ich fragte, wie er das meinen würde? „Na ganz einfach! Wir stellen uns alle in einer Reihe an den Straßenrand, und wenn der näher kommt, machen wir alle die Hosen runter und er hat im Scheinwerfer unsere nackten Hintern!" Es dauerte gar nicht lange und ein Auto näherte sich. Wir alle an den Straßenrand und auf das Kommando vom Fips gebückt und Hosen runter! Der Fahrer war natürlich erschrocken und hielt auch an. „Ich fahre nun schon viele Jahre Auto, kenne alle Straßen, aber so

etwas habe ich noch nicht erlebt!" bekannte er glaubhaft! Natürlich war das eine ausgemachte Dummheit von uns, das hätte auch sehr schlimm ausgehen können.
Wie schon erwähnt, gastierten wir oft im WISMUT-Gebiet zwischen Schlema und Johanngeorgenstadt. In der „Goldgräberzeit" in den großen Sälen zu spielen, war eine spannende Angelegenheit. Ehe wir das Ziel erreichten, gab es öfter Kontrollen der Russen, aber immer ohne Zwischenfälle.
Angekommen, spielten wir unser Show-Programm und dann noch drei, vier Stunden zum Tanz. Meist hatten wir wenig im Bauch, und wenn es was zu essen gab, war es Soljanka. Aber die Kumpels sprachen tüchtig ihrem Deputatschnaps, dem „Kumpeltod", zu, waren rasch in toller Stimmung und wollten mit uns teilen. Mit ihren „Rohren" kamen sie auf die Bühne und sagten: „Trinkst du mal mit einem Kumpel, oder bist du was besseres?" Abschlagen wollten wir nicht, mußten aber höllisch aufpassen, nicht den Überblick zu verlieren.

Das RTO Leipzig mit Helga Brauer und Fred Frohberg, es dirigiert Kurt Henkels.

Eine andere Geschichte ereignete sich in Schönebeck. Der Bus rollte erstaunlicherweise problemlos durch die Landschaft, es war ein schöner Sommertag, aber plötzlich flog im Bus eine Hummel herum. Alle hatten Angst gestochen zu werden, jedenfalls machte sie einer der Musiker tot. Wenige Kilometer weiter rannte ein Hund über die Straße, den der Fahrer zu spät sah, er fuhr ihn tot. Das Konzert am Abend verlief erfolgreich und wir hatten am nächsten Tag noch einen Auftritt in Magdeburg. Im Hotel in Schönebeck gab es nichts mehr zu trinken und einige Musiker und Armin Kämpf zogen los, Bier holen. Sie kamen mit Bier, aber ohne meinen Sängerkollegen. Es hatte sich folgendes abgespielt: Als die Truppe in eine Kneipe kam, wurden sie von einigen Anwesenden angepöbelt und Armin Kämpf hatte einem, der besonders laut war, einen Schwinger unter die Nase gegeben. Die Schönebecker Kumpane holten die Polizei und Armin wurde als der Schuldige mitgenommen. Mit viel Überredungskunst hatte Henkels ihn früh um drei wieder frei. Immer, wenn wir später in der Gegend um Magdeburg unterwegs waren, machte dieses Erlebnis in Kurzform die Runde: Hummel tot – Hund verreckt – Armin weg in Schönebeck!

Einige Male fuhren wir nach Berlin. Entweder traten wir in öffentlichen Veranstaltungen auf oder produzierten bei AMIGA neue Schallplatten. Bekanntlich hatte der Berliner Rundfunk in der Masurenallee, also im britischen Sektor Berlins, sein Domizil. Direkt gegenüber dem Funkturm am jetzigen Messegelände. Bei diesen Besuchen lernte ich bekannte Kollegen kennen, die mit dem RBT-Orchester arbeiteten und jetzt auch mit dem Orchester Kurt Henkels Aufnahmen für das Programm des Berliner Rundfunks machen wollten. Zu ihnen gehörte Bully Buhlan, ein sehr netter Kollege. Einer seiner großen Hits war zu dieser Zeit „Würstchen mit Salat". Gloria Astor, die große Dame des Schlagergesangs, traf ich. Eine Altistin mit einer wunderschönen Stimme. Die damals populärste Sängerin war Rita Paul, eine swingende, jazzige, lebhafte junge Frau. Detlev Lais war ein hervorragender Saxophonist, sang aber auch gern Schmusesongs. Jedenfalls habe ich die Damen und Herren mit großer Verehrung angesehen und verhielt mich ihnen gegenüber recht zurückhaltend. Das waren in der deutschen Unterhaltungslandschaft meine Vorbilder! (Freunde in Leipzig hatten mir aufgetragen Autogramme, mitzubringen. Das habe ich dann auch gemacht.) Bald stand ich mit ihnen gleichberechtigt auf der Bühne und wir haben oft über die ersten Kontakte gelacht.

Nach Leipzig gezogen

Das Studium in Erfurt war zu Ende und ich arbeitete in Leipzig – was lag näher, als mit meiner Frau an die Pleiße zu ziehen. Wir bekamen zwei Zimmer in einer großen Wohnung zugewiesen, in einer Villa im Zöllnerweg, in der die Direktoren des Leipziger Zoos wohnten. Im Erdgeschoß wohnte die Witwe von Zoodirektor Göpping mit ihren zwei Söhnen. Wir zogen ein bei der Familie Berger, einer wohlhabenden Papiergroßhändlerfamilie Damit hatten wir es gut getroffen, wir verstanden uns vom ersten Tag an und halfen uns gegenseitig wo es nur ging.
Jutta, die Freundin meiner Frau vom Studium an der Burg Giebichenstein, hatte auch geheiratet und wohnte mit ihrem Mann Heinz Reche, einem Grafiker, ebenfalls in Leipzig. Heinz war ein Hans-Dampf-in-allen-Gassen. Er kannte viele interessante Leute und wir fühlten uns in der neuen Umgebung recht wohl. Oft feierten wir in gemütlicher Runde. Lebensfreude dominierte, die Gewißheit, daß keine Bomben mehr fallen werden, niemand mehr im Krieg sterben muß, sorgte für eine tolle Aufbruchstimmung.
Von unserem Freund Heinz Reche stammt auch das heute noch genutzte Logo der bekannten Parfümerie- und Seifenfirma FLORENA. Von ihm kam auch die Idee für ein besonderes Fest in unserer Wohnung, an das ich heute noch gern denke. In der Wohnung war reichlich Platz, denn in den beiden Zimmern standen wenig Möbel:

zwei Schränke, ein Tisch, vier Stühle, im Schlafzimmer hatten wir zwei große Matratzen auf der Erde und auch einen Schrank – mehr war nicht!

Das Thema des Abends hieß Venedig! Heinz Reche hatte den Dogenpalast auf die Rückseite vom Klavier gemalt, plastisch herausgearbeitet. Das Instrument wurde zur Bar. In eine Ecke hatte er die Rialtobrücke gemalt, daraus kam eine venezianische Gondel mit dem typischen, geringelten Gondelstab. Über der Tür war ein Balkon, dazu gehörten natürlich Wäscheleinen. Aber was draufhängen? Von Irma Baltuttis borgten wir uns Unterwäsche, sie war sehr attraktiv. Es war ein unwahrscheinliches Fest. Erstaunlich war, wie Heinz Reche zu den erforderlichen Materialien gekommen war. Aber er hatte viele Aufträge von den sowjetischen Behörden und da wohl ab und an etwas „abgestaubt".

In der Leipziger Musikszene war allerhand los, in den Gaststätten spielten viele hervorragende Live-Bands, deren „Chefs" durch meine Radioarbeit auf mich aufmerksam wurden und mir anboten, bei ihnen zu singen.

Bei der Witwe vom Zoodirektor Gepping unterrichtete ein damals berühmter Pianist, Prof. Grundeis. Möglicherweise reichten an der Musikhochschule, wo er arbeitete, die Räume nicht oder es waren zu wenig Klaviere vorhanden. Jedenfalls stellte Frau Gepping ihm und den Studenten beides zur Verfügung. Zu unserem Glück handelte es sich schon um die Meisterklasse.

Auch bei uns in der Diele stand ein riesiger Konzertflügel, der unterschiedlich nutzbar war. Man konnte an ihm normal spielen, aber auch mit Walzen. Eines Abends saßen meine Frau und ich mit Freunden zusammen und hörten plötzlich traumhafte Klavierklänge. Eine schwierige Komposition mit einer Wahnsinnstechnik interpretiert. Und als ich die Flügeltür zwischen unserem Wohnzimmer und dem Korridor öffnete, saß unser lieber Wirt, der Herr Berger, dort und spielte wie ein Besessener. Ich habe vor Bewunderung nicht gewußt, was ich sagen sollte. Und dann stand er plötzlich auf und der Flügel spielte weiter. Von da an habe ich oft, wenn der Professor mit seinen Schülern unter uns übte, die gleichen Stücke „nachgespielt". Besonders viele Kompositionen von Chopin fanden sich in den Schränken, gespielt von hervorragenden Pianisten. Der Herr Professor wunderte sich immer und grübelte, wer denn wohl so phantastisch Klavier spielen könnte. Und die Witwe vom Zoodirektor hat dann gesagt: „Ja, Herr Professor, da oben drüber ist ein Schlagersänger eingezogen. Der singt beim Rundfunktanzorchester des Mitteldeutschen Rundfunks!" Und immer, wenn wir uns dann im Hause trafen, haben wir uns ehrfürchtig gegrüßt. Der Professor hat bestimmt dabei gedacht, wie das möglich sein kann, daß ein „dummer Schlagersänger" so dufte Klavier spielen kann. Er hat nie erfahren, daß die ganze große Kunst von einem elektrischen Flügel kam.

1952 ging die Zeit bei der netten Familie Berger zu Ende. Eines Tages stand ein Polizist vor der Tür und erklärte, daß dieses Haus dringend gebraucht würde. Eine Behörde sollte dort einziehen. Uns würde man helfen, eine neue Wohnung zu finden. Es hat uns wenig getroffen, unsere Vermieter dafür um so mehr. Für sie war das Haus immer ihre Heimat gewesen. In ihrem Zorn haben sie Leipzig verlassen und sind nach Bayern gegangen. Leider haben wir uns später völlig aus den Augen verloren.

„Musikalische Weltreise" – ein Riesenspaß

In den 50er Jahren steckte das Fernsehen noch in den Kinderschuhen. TV-Shows mit enormem künstlerischem, technischem und gestalterischem Aufwand gab es noch nicht. In den 30er und 40er Jahren gab es in den Kinos viele Unterhaltungs- und Revuefilme. In eine Handlung rund um ein Varietétheater war meist eine musikalische Show eingebaut. Dazu gehörte meist ein großes Orchester, das nicht nur musikalisch vielseitig sein mußte, sondern seine Musiker mußten auch in verschiedensten Verwandlungen agieren können. Diese Tradition übernahmen auch viele Orchester nach dem Krieg. Ihre Auftritte wurden als Bühnenschau angekündigt, die Big-Bands nannten sich auch Tanz- und Schauorchester. Natürlich wollte und konnte sich die Henkels-Band von diesem Trend nicht ausschließen.

Also gab es in unserem Konzertprogramm auch einen Showteil. Die Idee war nicht sonderlich originell, wir gingen auf „musikalische Weltreise". Es gab damit auch keine Probleme mit Kultur- oder anderen Funktionären. Das Thema Reisefreiheit war ja erst wesentlich später eines der brisantesten Probleme in der DDR. Natürlich mußten auch die Musikanten mit ran, einige von ihnen mit Widerwillen. Sie waren zwar unbestrittene Könner auf ihren Instrumenten, aber nicht unbedingt Showtalente. Es mußte aber sein, Spaß auf der Bühne wurde vom Publikum erwartet.

Diese Reise begann mit einer Referenz an Deutschland. Irma Baltuttis stand im Bayerndirndl auf der Bühne und ich daneben in meiner Matrosenuniform. Die Schiffshupe ertönte, und los ging die Fahrt mit einem meiner Seemannslieder. Es folgte ein Alpenjodler von meiner Partnerin, und dann ging es kreuz und quer durch die Welt. Das Programm richtete sich nach unserem Repertoire und Regionen, wo auch mit Kostüm und Tanz einiges zu machen war. Aus Prag kam eine flotte böhmische Polka, für Ungarn sang ich zur Gitarre mein „Lied von der Roszi".

Spannend und ausgesprochen lustig wurde es, als wir Hawaii erreichten. Fips Fleischer, Helmut Henne und Walter Eichenberg traten im Baströckchen und mit einem Blütenkranz angetan an die Rampe und ab

1954: Auf „Musikalischer Weltreise" mit Irma Baltuttis.

ging die Post. So weit es möglich war, habe ich da auch mitgemacht. Vor allem Walter hatte an diesen Späßchen wenig Freude, er mußte gute Mine zum bösen Spiel machen. Dazu sangen wir ein Lied, das sollte irgendwie hawaiisch sein. Keiner wußte, ob dies stimmt. Fips behauptete, es sei ein Originaltitel, den er ausgegraben und für die Band arrangiert habe. Sogar den Text kann ich noch einigermaßen. Als wir uns 1998 beim 75. Geburtstag von Fips trafen, haben wir gemeinsam noch einmal dieses Lied gesungen. Es ging irgendwie so: „Tacheluelachelache, acheja, lachelichel, lachaluja, duwiduwielachelo, halahalacheja ...!"

Viele Jahre Freund und Kollege: Fips Fleischer.

Natürlich hielten wir auf unserer Weltreise auch in Frankreich und Spanien. Wieder für Fips eine Chance, als „feurige Carmen" für Beifallsstürme zu sorgen. Im Orient turnten wir mit Turbanen über die Bühne, in Lateinamerika mit großen Sombreros. Dazu feurige Rhythmen, die den Leuten in die Beine gingen. Über Skandinavien landeten wir wieder in Deutschland. Ein wunderschönes Finale war der Abschluß. Immer wenn ich an diese Auftritte denke, sehe ich Walter Eichenberg vor mir, der sich innerlich sträubte, „zum Affen" machen zu müssen. Es war auch ein Anblick für die Götter, Walter als Hula-Mädchen mit Baströckchen

Leipzig-Gohlis: Fechnerstraße 3 – ein lustiges Haus

Nachdem wir unser Domizil für die „Staatsmacht" hatten räumen müssen, zogen wir nach Gohlis, unweit des Rosentales zur Teilhauptmiete. Für viele heute nicht mehr vorstellbar. Wohnraum wurde entsprechend der zum Haushalt gehörenden Personen zugeteilt. Und da in Villen oft die Wohnungen zu groß waren, wurden sie auf mehrere Familien aufgeteilt. Wir zogen mit einem Schauspielerehepaar zusammen, mit dem wir uns rasch anfreundeten. Sie spielte am Leipziger Theater, wirkte später auch in vielen Hörspielen mit, die im Leipziger Funkhaus produziert wurden: ihr Name war Margarete Gräfe. Ihr Mann, ein charmanter Prager und etwas älter als seine Frau, war ein richtiger Bonvivant, ein Mann der sich in der Welt auskannte. Beruflich hatte er mit Handel zu tun. Durch die Arbeit am Theater kamen viele Kollegen zu unserer Mitmieterin, und wir lernten interessante Menschen kennen. Zu den Gästen gehörten u. a. auch Irmgard und Fred Düren.

Das Haus lag mitten im Grünen. Für unseren inzwischen zweijährigen Frank war es sehr schön, daß ganz in der Nähe ein Spielplatz mit Rutsche und Sandkasten war. Zur Wohnung gehörte ein 33 Quadratmeter großes Wohnzimmer, drei kleinere Räume und ein Wintergarten. Andreas Kornmann, ein in Leipzig bekannter Innenarchitekt, der meine Singerei sehr mochte, machte den Vorschlag, unsere Wohnung so umzugestalten, daß jeder einen separaten Teil bekam. Er baute eine kleine Eingangstür ein, zog im Korridor eine Zwischendecke ein – dunkelblau wie der Himmel mit kleinen Löchern, in denen kleine Lämpchen waren. Es sah praktisch so aus, als ob in unserer Diele die Sterne leuchteten. Über Geschmack kann man sich bekanntlich (nicht) streiten. Uns gefiel es. Und in der sehr großen Diele war Platz für eine Tischtennisplatte. Ich spielte sehr gern und immer wenn Besuch zu uns kam, ging es erst einmal an die „grüne Platte".

Leipzigs kulturelles Zentrum war in diesen Jahren die Kongreßhalle am Zoo, nicht allzu weit von unserer Wohnung. Da spielte das

Gewandhausorchester, zur Messe gab es Bälle, aber auch die Mediziner, Juristen und andere Fakultäten veranstalteten dort ihre Semesterbälle. Und natürlich fanden die großen Rundfunkveranstaltungen mit dem Henkels-Orchester dort statt. Zu Gast waren viele bekannte Künstler aus aller Welt, die wir gern zu uns nach Hause eingeladen haben. Da haben wir weiter gespielt und gesungen!

Ich erinnere mich an Walter Dobschinski, der mit seinem Orchester in Leipzig spielte. Oder Carel Elskamp, der zunächst mit seinem Bruder gemeinsam auftrat, dann aber eine Solokarriere machte. Ein wunderbarer, sehr bescheidener Mensch und hervorragender Künstler. Von Country- und Westernmusik hatte ich zu dieser Zeit noch wenig Ahnung. Und wenn Carel dann zu seiner Gitarre griff und mit seinem tiefen Baß „Nachts am Mississippi" sang, war ich hin und weg!

Beim Komponieren in seinem Haus in Leipzig-Schleußig.

Eines Tages war das „Trio Harmonie", drei wahre Meister auf der Mundharmonika, bei uns zu Hause. Während meine Frau in der Küche in der Handmühle Kaffee mahlte, kam einer von ihnen auf die Idee: „Wir spielen jetzt ein Trio für Kaffeemühle, Gitarre und Mundharmonika!" Es wurde ein hervorragendes Stück, begann wie Mozart, und an einer bestimmten Stelle quietschte dann die Kaffeemühle dazwischen.

Wir waren ein sehr lustiges, auch tolerantes Haus. Unsere Mitmieter störte der Rummel wenig, im Gegenteil. Wir bezogen sie mit ein. Über uns wohnte eine Familie Schneider, ein zauberhaftes älteres Ehepaar. Für sie war es eine große Freude, die aus dem Radio bekannten Künstler zu erleben. Mit Carel Elskamp sang oft Diana Parker, auch ich habe mit ihr öfter zusammen auf der Bühne gestanden. Ein „Extrakonzert" der beiden war für Schneiders eine besondere Freude. Weiter oben im Haus wohnte Günter Rößler, der bekannte Fotograf, der mit seinen Aktfotos bestimmt zur Spitze in diesem Genre, nicht nur in der DDR zählte. Auch mit ihm freundeten wir uns eng an. Es waren sehr schöne Jahre in unserem wunderschönen, fröhlichen Haus in der Leipziger Fechnerstraße.

Unabhängig vom Kommerz

Die beliebteste Journalistenfrage heißt, ob ich Lieblingslieder habe. Auch bei Foren wurde sie oft von meinen Fans gestellt. Natürlich gibt es Titel, die man besonders gern singt. Die Gründe können vielfältig sein: musikalisch besonders eingängig oder bei der Produktion gab es einen lustigen Zwischenfall. Natürlich verändert sich auch das eigene Urteil im Laufe der Jahre. Gelegentlich waren die Fragesteller auch über meine Antwort enttäuscht oder zumindest erstaunt.
Ich habe die liebsten Titel immer nach dem musikalischen Wert beurteilt. Viele davon wurden keine Schlager im herkömmlichen Sinn. Und da können schon mal die Ansprüche zwischen Interpret und Publikum auseinandergehen. Worüber ich aber die langen Jahre meiner Laufbahn sehr glücklich war, ist, daß ich nie getrieben war von Quoten und allein kommerziellen Erwägungen.
Wenn mir ein Lied gefiel, daß ich singen wollte, bin ich zum Rundfunk gegangen und habe das gesagt. Einmal ein schwerer Titel von Jerome Kern, aber eine Superkomposition. Ich war überzeugt, daß es auch dafür Liebhaber gab, und ich konnte das aufnehmen! Natürlich hatte ich auch Ideen für die Instrumentierung und das Arrangement. Ob mit Streichern oder Hörnern, wenn meine Argumente überzeugend waren im Interesse der musikalischen Qualität, war alles in bester Ordnung.

Auch aus Gershwins Oper „Porgy und Bess" sang ich einige Lieder besonders gern, die ich für den Rundfunk produzierte. Mit dem Arrangeur besprach ich dieses oder jenes Detail, dann stand ich am Mikrofon, das Rotlicht ging an, und die Aufnahme begann.

7 lipca 1962
DZIEŃ MIĘDZYNARODOWY

Lp.	Wykonawca	Kraj	Tytuł utworu, kompozytor, autor
1.	Isabelle Aubret	Francja	CES DEUX LÀ J. Datin, M. Vidalin
2.	Anna Davis Mascelli	Włochy	QUESTA VOCE QUINQUE SEMPRE C. Concina, M. Rastelli
3.	Emil Dymitrow	Bułgaria	ARLEKINO E. Dymitrow, E. Andrejew
4.	Birgit Falk	Dania	ANTONIUS O. Lington, P. Spar
5.	Fred Frohberg	NRD	HOCH AM HIMMEL F. Frohberg, G. Oppenheimer
6.	Hana Hegerova	Czechosłowacja	OSKLIVA NEDELE J. Slitr, J. Suchy
7.	Ilona Hollos	Węgry	O AZ I. Hollos, I. Nagy
8.	Dinah Kaye	Anglia	STRANGER ON THE SHORE A. Bilk, A. Bilk
9.	Paul Kuhn	NRF	KLINGELINGELINGELING P. Kuhn, P. Kuhn
10.	Peter Macroy	Holandia	MERYLIN W. Kalischnig, N. Bloom

Programm vom Festival in Sopot.

Im Juli 1962 vertrat ich die DDR beim Schlagerfestival im polnischen Seebad Sopot. Die BRD hatte Paul Kuhn ins Rennen geschickt. Natürlich verstehen sich zwei Musikanten wie Schlumpf und Latsch. Wir waren eine ganze Woche zusammen. Nachts in der Bar hat er bis früh Klavier gespielt und ich und andere habe gesungen. Wir blieben dufte Freunde über viele Jahre hinweg. Ihn habe ich gefragt, wie er dazu kommt „Es gibt kein Bier auf Hawaii" oder „Bier, Bier, Bier ist die Seele vom Klavier" zu singen. Das wäre doch gar nicht sein musikalischer Geschmack?! Und da sagte er mir: „Fred, ich möchte einmal im Funk und auf der Platte verwirklichen, was ich wirklich kann. Aber das geht nicht!" Fred Bertelmann hatte eine ähn-

liche Redewendung auf diese Frage drauf: Das ist zwar alles schön, aber unverkäuflich! Mit diesen Problemen mußte ich nicht leben.
An Sopot und Paul Kuhn erinnern mich noch zwei Episoden. Für die beste Interpretation eines polnischen Liedes erhielt ich im Wettbewerb einen Preis. Die Veranstalter wollten aber, daß es in deutscher Sprache gesungen wird. Da half Paul Kuhn, wir setzten uns zusammen und bastelten gemeinsam eine deutsche Nachdichtung. Die zweite Geschichte drehte sich um das liebe Geld. Er war mit seiner „Westkohle" tüchtig im Vorteil und merkte das natürlich auch, wenn ich immer etwas zurückzuckte, wenn es ans Bezahlen ging. Bis er sagte: „Jetzt habe ich die Faxen dicke mit dir!" Er verschwand mit 200 Dollar auf dem schwarzen Markt und kam mit einem Koffer Zloty zurück. „Und das ist jetzt unsere gemeinsame Kasse!" war sein letztes Wort in dieser Sache!

Ein neues spannendes Medium: Fernsehen

Ende 1952 begann in Adlershof der Fernsehversuchsbetrieb. Von Anfang an auch mit Unterhaltungssendungen, und Irma Baltuttis und ich wurden für das erste Programm eingeladen. Das war eine unheimlich spannende Sache, erstmals vor einer Fernsehkamera zu stehen. Das Studio war klitzeklein, und es war unheimlich heiß in dem Raum. Die sowjetischen Kameras durften nur zwei Stunden produzieren, dann mußten sie wieder Pause machen, weil sie sonst zu heiß wurden. Und sie brauchten viel Licht, im Studio waren über 50 Grad. Aber es hat großen Spaß gemacht.
Wir standen in einer Pappdekoration, die wie ein Baum aussah und darin waren zwei Löcher. Daraus trällerten Irma und ich: „Spatz und Spätzchen sagen piep! Komm zu mir, ich hab dich lieb!" Natürlich original, denn die Möglichkeit, Aufzeichnungen zu machen, gab es erst Jahre später. Musik-Chef der Unterhaltung war ein Dresdner, Hans-Hendrik Wehding, der Komponist des auch heute noch sehr

bekannten „Goldenen Pavillons". Die ersten Regisseure waren Inge von Wangenheim und Gottfried Herrmann. Eine großartige Frau, die nach jeder gelungenen Sendung ein Blumensträußchen in die Garderobe stellte oder sich mit einer anderen Kleinigkeit für die gute Zusammenarbeit bedankte. Gottfried Herrmann, ein wunderbarer Mann, arbeitete später viele Jahre erfolgreich als Direktor am Berliner Friedrichstadtpalast.
Die Wirkung des neuen Mediums war natürlich noch sehr gering, es gab nur wenige Fernsehzuschauer. Die Mitglieder des Politbüros gehörten dazu und noch ein paar andere wichtige Leute. Schelmische Zungen behaupten gelegentlich, daß die wenigen Gucker allabendlich mit Namen begrüßt worden wären!

Zusammen mit Irma Baltuttis.

Es war eine lustige Zeit und man hat viel gelernt. Die Zahl der Mitarbeiter war überschaubar, man kannte sich wie in einer großen Familie. Die Kantine war der Treffpunkt für alle. Der eine hatte seine Sendung fertig, andere bereiteten sich noch darauf vor. Es war eine schöne Gemeinschaft. Spinner und Leute, die sich zu Höherem berufen fühlten und ein bißchen aus der Reihe tanzten, waren auch dabei, aber in der Minderheit.

Ich erinnere mich gern an den netten und charmanten Wolfgang Reichardt, der dann später Chefreporter war, aber eine Vorliebe für die Unterhaltung hatte, mehrere Jahre eine erfolgreiche Sonnabend-Spielshow machte und als Ansager „muggte". Er hatte eines Tages die Idee, einen Verein zu gründen. Er hieß die „MAZ-Bläken", die drei Buchstaben waren die Abkürzung für Magnetische Aufzeichnung. Der zweite Teil des Namens kommt irgendwie aus Halle. Wer auf den seltsamen Namen gekommen ist, weiß ich nicht mehr. Jedenfalls kamen nur Leute rein, die sich kannten und gegenseitig auch sympathisch waren. Ich hatte die Ehre, dazuzugehören. Bei jeder Neuaufnahme gab es ein feierliches Zeremoniell. Mitglieder waren u. a. Meister Nadelöhr – also der Schauspieler Eckart Friedrichson – und seine Frau, eine Tänzerin, sowie Margit Schaumäker, eine der ersten Ansagerinnen.

Auch die erste Silvestersendung 1953 fand in dem kleinen Studio statt. Auch wieder original, mit all den Tücken, die so etwas haben kann! Jahre später wurden die großen Jahresabschlußshows schon Wochen vorher produziert. Da war das Problem, im Herbst schon Silvesterstimmung zu haben. Das war aber noch nicht unsere Sorge. Die Idee für das Programm war ziemlich einfach. Es war Silvester zu Hause, mit richtigem Alkohol, Bier, Wein, Sekt usw. Zum Essen gab es Kartoffel- und Heringssalat. Alle Mitwirkenden saßen ungezwungen an den Tischen. Gottfried Herrmann hatte mit jedem festgelegt, wer wann und was zu singen hatte. Wollte aber auch, je nach Stimmung, improvisieren. Die musikalische Begleitung hatte Günter Hörig aus Dresden, mit einer kleinen Besetzung der Dresdner Tanzsinfoniker.

Gottfried Herrmann kroch also unter den Tischen herum und zwischen den Kameras, tippte an den Arm oder zog am Hosenbein und flüsterte: „Du bist der nächste!" Es war eine äußerst lustige Sache, weil ja auch der Alkoholspiegel stieg. Wie das bei den Zuschauern angekommen ist, weiß ich nicht. Wir konnten nur hoffen, daß auch da nicht mehr alle klar guckten. Immerhin gehört das ja zu einer solchen Feier dazu!

1954 zur Frühjahrsmesse gab es die erste Übertragung aus der Kongreßhalle. Sie war später Schauplatz vieler schöner Sendungen. Sie hießen „Rhythmische Messe-Muster" oder „Mein Leipzig lob ich mir". Mehrere Male gab es zu mitternächtlicher Stunde jazz- und swingdominierte Shows mit den Orchestern Gustav Brom und Karel

Krautgartner aus Prag. Von Anfang an war ich ständiger Gast bei den großen Veranstaltungen des Fernsehens, es war immer ein schönes Erlebnis, sich mit tschechischen, polnischen und westdeutschen Kollegen zu treffen. Der Regisseur mit den größten Verdiensten um die Fernsehunterhaltung war für mich Berthold Beissert. Er und Wolfgang Brandenstein, Texter und Redakteur, hatten herrliche Ideen für neue Unterhaltungsformen, die sie pfiffig und originell umsetzten. Jahre später wurde natürlich auch mit Halb- und Vollplayback gearbeitet. Es war eine Kosten- und Qualitätsfrage. Ich erinnere mich an eine Sendung aus dem Kulturpalast in Bitterfeld. Viele heitere Fernsehspiele wurden dort aufgezeichnet. Wir waren oft zu Gast und hatten immer ein sehr dankbares Publikum. Ich war jedenfalls mit einer Krimiszene geplant. Die Bühne war toll, stimmungsvoll ausgeleuchtet und eine Zeile in meinem Text lautete: „Es fiel ein Schuß, es fiel einer um …" Bei den Proben kam die Mitteilung, daß an der Mauer in Berlin ein Grenzsoldat tödlich verletzt worden war. Die

Vor der Fersehkamera.

Szene sollte ganz gestrichen werden, das ging nicht, weil sie ziemlich lang war und so schnell kein Ersatz möglich war. Also mußte Wolfgang Brandenstein einen neuen Text schreiben und ich nach Leipzig ins Tonstudio fahren und das ganze Lied über Nacht noch mal produzieren. Viel Zeit zum Proben war nicht mehr und ich hatte Mühe, am nächsten Abend alles lippensynchron hinzubekommen. Natürlich muß ein Name genannt werden, wenn es um die Adlershofer Unterhaltung geht: Heinz Quermann. Er hatte immer wieder neue Ideen, von „Herzklopfen kostenlos" bis „Da liegt Musike drin". Ich bin gern im Leipziger „Haus der heiteren Muse" dabei gewesen. Ständiges Begleitorchester war über viele Jahre Walter Eichenberg mit dem Rundfunktanzorchester. Ein Kammersänger, Rainer Süß, moderierte. Auch das war nicht gerade Alltag. Er verband gekonnt alle musikalischen Genres, vom Schlager bis zur Klassik. Auch „Mit Lutz und Liebe" (mit Lutz Jahoda) und „Da lacht der Bär" waren Quermannsche Produkte. Natürlich gehören dazu auch die Jubiläumssendungen der „Schlagerrevue", der dienstältesten Wertungssendung auf der Welt. Im März 1975 hieß es aus dem Haus der heiteren Muse „1000 mal für Sie: Die Schlagerrevue". Im September 1988 waren es immerhin 35 Jahre, und wir trafen uns wieder in Leipzig. Mit Heinz haben alle Künstlerkollegen gerne gearbeitet. Er war ein zuverlässiger Arbeiter, Pünktlichkeitsfanatiker, der wahnsinnig gut vorbereitet zu Probe oder Aufzeichnung kam. Er suchte sich immer Regisseure aus, mit denen er besonders gut konnte und die ihm auch selten widersprachen. Heinz hatte immer klare Vorstellungen von dem, was sich auf dem Bildschirm abspielen sollte. Aber wer Heinz einmal verärgert hatte, weil er unpünktlich war oder unzuverlässig, mußte schwer kämpfen, daß er dies wieder vergaß. Ich war dafür bekannt, ein superpünktlicher Mensch zu sein, auf den immer Verlaß war. Und er

Kollegen über viele Jahre: Heinz Quermann, Julia Axen, Helga Brauer, Lutz Jahoda, Peter Wieland und Fred Frohberg.

hielt mich oft den anderen als Vorbild vor die Nase. „Guckt euch den Fred an, der ist schon viele Jahre dabei. Wenn ich sage um 10 Uhr ist Probe, kommt er natürlich zehn Minuten eher!" Ich habe meinen Beruf immer sehr ernst genommen, auf der Bühne bestmögliche Leistungen abzuliefern, war der Anspruch an mich, aber auch an andere.
Quermanns Sendungen wurden langjährige Traditionssendungen. Dazu gehörte an allererster Stelle „Zwischen Frühstück und Gänsebraten". Darin war ich allerdings nicht ein einziges Mal. Heinz hatte eben auch seine Freunde. Obwohl viele sagten, daß meine Interpretation von „White Christmas" („Weiße Weihnachten") – 1958 bei AMIGA gemeinsam mit dem wunderschönen Lied „Wie im Märchen" von Wolfram Kähne auf der Rückseite produziert! – von

Mit Fips Fleischer und Alfons Wonneberg in der TV-Sendung: „Im Krug zum grünen Kranze".

den DDR-Interpretationen am besten gewesen wäre, hat er mich das in seinen Sendungen nie singen lassen. Es wurde entweder mein lieber Kollege Peter Wieland dafür verpflichtet oder sein großer Liebling Karel Gott. Aber was soll es!
Gern war ich auch „Im Krug zum grünen Kranze", produziert vom Studio Halle. Wegen der angenehmen Atmosphäre im Drehteam und der Nähe zu den Stätten meiner Jugend. Das Lokal, in dem die Veranstaltungen stattfanden, lag unweit der Burg Giebichenstein.
Im Mai 1966 feierten die Dresdner Tanzsinfoniker ihr 20jähriges Jubiläum und das Fernsehen war natürlich dabei. Ich konnte wieder einmal einige meiner Gospels und Spirituals singen.
Die letzte große TV-Sendung war an meinem 65. Geburtstag im Oktober 1990. Sie wurde aufgezeichnet in einer großen Gaststätte in der Nähe des Müggelsees. Eingeladen waren vor allem Kollegen und Freunde, die in verschiedener Weise meine künstlerischen und privaten Wege gekreuzt hatten. Ich erinnere ich nicht mehr an alle, aber auf jeden Fall waren Helga Brauer, Fips Fleischer und Fred Bertelmann dabei. Und kurz vor der Wende war ich dabei, als sich in Karl-Marx-Stadt Dagmar Frederic, Peter Altmann und Eberhardt Rohrscheidt mit der Reihe „Melodien, die Ihnen Freude bringen" (ich weiß nicht, ob das der genaue Titel war) vom Publikum verabschiedeten. Minutenlange Standing ovations für den Redakteur Heinz Quermann und alle anderen Mitwirkenden.

Vom Orchestersänger zum eigenen „Chef"

Die „wilden Springer" von Leipzig

Noch einmal zurück zu den Jahren bei Kurt Henkels. In Leipzig war ein neues Schwimmstadion gebaut worden an und mehreren Tagen fanden dort die DDR-Meisterschaften statt. An den Abenden lief ein großes Showprogramm unter dem Titel „Kabriolen", eine Mischung aus Sport und Musik, mit dem Rundfunktanzorchester, seinen beiden Solisten und einigen anderen Kollegen. Die Idee stammte von Heinz Reche, dem Werbefachmann. Er war im Sportverein Motor Gohlis-Nord für die Kultur verantwortlich. An allen Abenden ausverkauft. Eine wunderschöne Stimmung, die glitzernde Wasserfläche, Sternenhimmel und ich stand am Beckenrand und sang: „Greif nicht nach den Sternen!" Für den sportlichen Part waren ein Wasserballett und vor allem die „Wilden Springer von Motor Gohlis-Nord" zuständig. Eine herrlich komische Sache, sie sprangen mit dem Fahrrad ins Wasser, tobten in den verschiedensten Kostümen auf den Sprungbrettern herum, um sich dann in die Fluten zu stürzen. Es war toll was los. Nach Fips Fleischers „Pinguin-Mambo" tanzten die Mädels vom Ballett als nett anzusehende Pinguine herum.
Mit den Schwimmeisterschaften wurden auch die im Wasserspringen ausgetragen. Der absolute Star war Heinz Kitzig, kurz zuvor Studentenweltmeister geworden. Wir hatten uns bekannt gemacht, und er hat mir von seinem Sport erzählt. Nach der Veranstaltung saßen wir noch in einem Lokal in der Nähe des Stadions beisammen: Heinz Reche, ein paar Trainer, Irma Baltuttis und ich. Eine tolle Runde in bester Stimmung. Und plötzlich sticht mich doch gewaltig der Hafer und ich erkläre im Brustton der Überzeugung zu Heinz Kitzig: „Vom 10-Meter-Turm springen würde ich auch!" Und Irma bläst in das gleiche Horn! Die Sportler gingen auf diesen Blödsinn auch noch ein, von Wette war die Rede und am Ende lagen 500 Mark auf

dem Tisch als Wetteinsatz. Es war mittlerweile schon früh um drei Uhr. Einer der Trainer hatte den Schlüssel zum Stadion mit, und wir zogen dahin. Das erste Problem: Wir hatten keine Badesachen! Und weil es keinen Fahrstuhl gab, hat man mir ein Band um die Hüfte gelegt und ich wurde auf der Schulter auf der Leiter nach oben getragen bis an die Kante der 10-m-Plattform. Und ich bin auch gesprungen, wie eine „1", ohne daß irgendwas passierte. Auf der anderen Straßenseite, jenseits des Stadions, fuhren die ersten zur Arbeit. Und die standen an der Haltestelle und guckten dem Treiben zu.

Irma Baltuttis hatte natürlich keinen Badeanzug. Sie ist auch hoch geklettert und hatte sich mit Handtüchern umwickelt. Beim Springen flatterten die in alle Winde und sie landete splitterfasernackt im Wasser. Aber wir hatten die Wette gewonnen, auch die Hochachtung der Sportler und Trainer. Natürlich hätte der Blödsinn auch schief gehen können, ist er aber nicht! Den Vorschlag, von da an im Programm zu springen, lehnten wir jedoch dankend ab. Aber wegen dieser Episode habe ich die „Kapriolen"-Show im Leipziger Schwimmstadion nicht vergessen, das nun abgerissen wird.

Mit Henkels zum Auslandsgastspiel

1954 kamen die ersten Einladungen für das Rundfunktanzorchester, im Ausland zu spielen. Der erste Auftritt war im Prager Fučik-Park und wurde ein Riesentriumph für die Band. Er wog um so mehr, weil wir die Konkurrenz aus dem Nachbarland gut kannten und wußten, daß es da immer hervorragende Musikanten und Orchester gab. Nach dem Konzert trafen wir uns mit den Musikern von Karel Vlach und anderen Bands. Bei Vlach spielte ein unheimlich guter Saxophonist: Karel Krautgartner, auch Arrangeur. Er hat dann viele Jahre das Tanzorchester des Tschechoslowakischen Rundfunks geleitet und auch bei uns oft gespielt. Aus Brno war extra Gustav Brom mit seinen Mannen angereist, weil sie uns hören wollten. Daraus entwickelten sich feste Freundschaften – künstlerisch und privat. Mit Gustav Brom habe ich dann auch mehrere Tourneen gemacht und viele Platten bei SUPRAPHON aufgenommen. Besonders „Gabriela" und „Tina-Marie" waren es, die bei den tschechischen Fans gut ankamen. Viele Platten, vor allem mit englischen Titeln, wurden in Prag eingespielt. Zehn Jahre hintereinander wurde ich von den tschechischen Fans zum beliebtesten ausländischen Sänger gewählt. Darauf war ich sicher zu Recht stolz! Ein richtiger Welterfolg wurde „Sixteen tons", in mehreren Ländern erfolgreich verkauft. Erstaunt war ich, als mir Hubert Kröning, ein Journalist unseres Fernsehens, aus Argentinien eine Platte mitbrachte und meinte,

1960: Mit dem Starposaunisten Stan Vesley vom Orchester Gustav Brom.

mein Kopf wäre in jedem Schallplattenladen zu sehen und meine Aufnahmen täglich mehrfach im Radio zu hören. Finanziell war aber auch in Prag kein großer Gewinn zu machen. Die Praxis war ähnlich wie bei AMIGA, pro Lied 600 Kronen und das war es dann. Eine lustige Geschichte gibt es noch festzuhalten. Um Singles gut zu verkaufen, wurde auf die A-Seite ein zugkräftiger Titel mit einem bekannten Interpreten gepreßt. Auf der B-Seite gekoppelt mit einem Neuling, dessen Start beim Publikum damit leichter werden sollte. Auf einer meiner tschechischen Platten, den Titel habe ich leider vergessen, hieß der Neueinsteiger auf der Rückseite Karel Gott! Auch nach meiner Zeit beim RTO war ich oft im Ausland unterwegs. Im tschechischen Fernsehen gab es in den 70er Jahren eine Porträtreihe bekannter Interpreten. 1973 wurde mit mir ein solcher

Film gedreht. Im Kostüm eines Troubadours reiste ich durch die Lande und sang meine Lieder. Schon bekannte und auch eigens dafür geschriebene. Zu einem amerikanischen Volkslied hatte mir die Leipziger Schriftstellerin Hildegard-Maria Rauchfuß den Text „Die Zeit war verloren" geschrieben. Der Blues, vom Orchester Gustav Brom begleitet, fand begeisterte Anhänger und wurde von SUPRAPHON auf eine weitere Porträtplatte von mir genommen. Das zweite Land, das wir mit dem Leipziger Orchester besuchten, war Polen. Als Solistin war die wunderbare Reneé Franke aus Hamburg dabei. Wir spielten zur Eröffnung des Warschauer Kulturpalastes, den die Sowjetunion den Polen geschenkt hatte. Wir fuhren mit gemischten Gefühlen dahin, denn Deutsche hatten großes Leid hinterlassen und zu verantworten gehabt. Ich erinnere mich, daß wir auf den Turm des Kulturpalastes geführt wurden, um uns von oben die Stadt zu zeigen. Dazu sagte unser Betreuer: „Das hat Hitler alles dem Erdboden gleich machen lassen! Und er wollte von Warschau nichts mehr stehen lassen! Und da drüben, das Hotel wo Sie jetzt wohnen, das Metropol, das war die Gestapo-Zentrale." Wir waren persönlich nicht daran beteiligt, aber gehörten zu dem Volk,

Zu Gast in der polnischen TV-Show „Zgaduj-Zgadula": Reneé Franke und die Dresdener Tanzsinfoniker.

das die Schuld auf sich geladen hatte. Uns wurde geraten, möglichst nicht allein durch die Stadt zu gehen und nicht Deutsch zu sprechen. Zu tief waren noch die Wunden in den Menschen.
Das Gastspiel im Kulturpalast war ein wunderbares Konzert. Technisch der neueste Stand: Klimaanlage und eine Super-Mikrofonanlage. Die Leute haben uns umjubelt, fast auf den Händen aus dem Saal getragen. Als wir zum Bühnenausgang herauskamen, standen viele Warschauer und drückten uns die Hände. Da spürten wir schon die Botschafterrolle, einen Beitrag zu leisten, das angespannte Verhältnis zwischen den Ländern zu glätten. Später habe ich, wieder mit Reneé Franke und den Dresdner Tanzsinfonikern, eine Tournee durch ganz Polen gemacht. Wir waren auch in Oberschlesien und Wrocław, wo noch viele Deutsche wohnten. Gastierten auch in „Zgaduj-Zgadula" der berühmtesten Quiz-Show von Tele Warszawa. Sie war in allen großen Städten zu Gast und in Warschau gab es eine große Abschlußveranstaltung. Die Hauptpreise waren ein Haus und ein amerikanisches Auto.

Auch an mehrere Gastspiele in Ungarn erinnere ich mich gern. Zwei Episoden will ich erzählen. Als ich zum zweiten Mal nach Budapest fuhr und Noten einpackte, griff ich sofort zu „Cindy" und natürlich zu „Sari". Die waren bei uns beliebt, warum sollte dies nicht auch im Gastland so sein. Ein Notenblatt fiel zu Boden, der Titel darauf: „Colorado", von Max Spielhaus komponiert. Bei uns sehr mäßig gelaufen. Und in Ungarn wurde er der Hit! Eines Abends gehe ich in ein Weinlokal, um bei typi-

„Expertengespräch" bei einem Gastspiel in Ungarn.

scher ungarischer Atmosphäre auszuspannen. Der Primas spielt einen Tusch, nachdem er mich erkannt hat und spricht einige Sätze. Ich verstehe nur „Colorado". Alle Gäste im Saal klatschen Beifall. Er hatte ihnen nur erklärt, daß ich der Interpret dieses tollen Liedes sei. Jahre später war ein Konzert im Nep-Stadion, 60.000 Leute in der „Riesenschüssel". Vor mir eine Rockband aus Polen, die die Stimmung zum Kochen brachte. Ich war als Schlußnummer vorgesehen und plötzlich steht der Programmgestalter vor mir und meinte, dies wäre doch nicht mehr zu überbieten. Ob ich nicht auf meinen Auftritt verzichten wolle? Ich habe das natürlich abgelehnt. Ich bin dann auf die Bühne, hab ein paar nette Worte in ungarisch gesagt und mich ans Klavier gesetzt und habe „Swanea river" gesungen. Es war mäuschenstill und als ich fertig war, gab es Riesenbeifall. Ich mußte mehrere Zugaben geben, sie wollten mich nicht gehen lassen. Und dann kam der Programmchef strahlend zu mir, drückte mich und sagte: „Fred, das war was!"

„Leipziger Freundschaftswoche in Kiew": mit Helga Brauer, Fips Fleischer und Jürgen Schulz.

Andere Bands und liebe Kollegen

Ich hatte nicht jeden Tag mit Henkels und seinem Orchester zu tun, und in meinem Vertrag stand auch, daß ich allein als Solist mit anderen Formationen arbeiten durfte. Das war bei Schallplattenaufnahmen oft der Fall. Gern arbeitete ich mit den Dresdner Tanzsinfonikern zusammen. Alo Koll war aus der Kriegsgefangenschaft zurückgekommen und hatte in Leipzig eine sehr dufte Band gegründet. Die spielte regelmäßig im „Forsthaus Raschwitz" zum Tanz, aber war natürlich auch viel unterwegs. Bei ihm sang eine ganze junge Anfängerin, eine hübsche nette. Brigitte Rabald hieß

Mit Brigitte Rabald und Alo Koll.

sie. Später wurde sie die Frau des Orchesterleiters. Alo war in kürzester Zeit im Leipziger Musikleben eine bekannte Größe. Er war ein sehr guter Pianist und komponierte viele erfolgreiche Titel. Einige für Lutz Jahoda, der an der Leipziger „Musikalischen Komödie" engagiert war. Sein Einstieg in die Unterhaltungsbranche hing auch ein wenig mit mir zusammen. Ich mußte einen Termin in der Kongreßhalle wegen Krankheit absagen und dafür sprang Lutz ein. Er kommt aus Brno und hat hervorragend den charmanten wienerischen Dialekt drauf. Ein wunderbarer Kollege und großer Könner auf seinem Gebiet.
Jedenfalls bin ich mit Alo Koll und seiner Band oft durch die Lande gezogen. Inzwischen hatte auch Fips Fleischer ein eigenes Orchester gegründet und es boten sich viele neue Möglichkeiten.

In dieser Zeit war im Westen eine Sängerin sehr bekannt: Reneé Franke. Als Telefonistin hatte sie in Hamburg im Telefonamt Verbindungen hergestellt. Bei einem Wettbewerb hatte sie gewonnen natürlich war auch die Schallplattenindustrie auf sie aufmerksam geworden. Anfang der 50er Jahre eine sehr erfolgreiche Kollegin. Bei einem Auftritt in Leipzig war sie begeistert von den herrlichen Bigband-Arrangements bei Henkels. Von da an waren wir oft gemeinsam im In- und Ausland auf Tournee. Sie war eine wunderbare Kollegin, eine hervorragende Sängerin.

Viele Namen von Kollegen wären noch zu nennen, mit denen mich berufliche und freundschaftliche Kontakte über die Jahre hinweg verban-

„Plaudertasche" – Gesprächsrunde in Halle mit Frank Schöbel.

Mit Bärbel Wachholz und dem Simon-Franz-Quintett.

den. Einige sind schon genannt: die Musikanten des Rundfunktanzorchesters, Bärbel Wachholz und Julia Axen, Frank Schöbel und Günter Geißler. Eine phantastische Kollegin war Helga Brauer. Mit ihr war ich besonders viel unterwegs, sie kam auch aus Leipzig. Ich lernte sie als ganz junge Sängerin kennen, als sie 1954 bei einer Oster-Matinee in der Kongreßhalle erstmals auf der Bühne stand. Eine liebenswerte, nette junge Frau mit viel Herzenswärme. Sie gehörte zur ersten Reihe der Schlagerinterpreten in der DDR und blieb trotzdem immer bescheiden und eng verbunden mit ihrem Publikum.

Wenn sie in Leipzig einkaufen ging und die Leute sie erkannten, wechselte sie gern ein paar Worte. Ihr Mann, Walter Eichenberg, hat ihr eine Reihe sehr erfolgreicher Lieder geschrieben und auch die nachgesungenen Titel aus dem Westen, wie „Liebeskummer lohnt sich nicht" oder „Danke für die Blumen" wurden in ihrer Interpretation unverwechselbare Helga-Brauer-Hits. Sie konnte aber mehr, als nur Schlager singen. In unserem Tourneeprogramm „Evergreens non stop", das vier Jahre ausverkauft war und mit dem wir kreuz und quer durch das Land gezogen sind, haben wir auch einen Musical-Block gehabt und zum Abschluß ein Franz-Grote-Medley. Sie war eine überaus hilfreiche Kollegin. Wir sind oft zusammen zu Auftritten gefahren. Wenn mal was passierte, Helga hat jedes kleine oder große Malheur zu beseitigen geholfen. Und sie war immer für ihre Familie da. Eine ganz zauberhafte Frau und Kollegin. Ihr Tod 1991 hat mich sehr erschüttert.

Auftritt mit Helga Brauer.

Wieder als „Einzelkämpfer" unterwegs

Bis 1958 war ich eng mit dem Orchester Kurt Henkels verbunden. Dann habe ich mich auf eigene Füße gestellt, und bin durch das ganze Land gezogen und habe mit vielen, vielen anderen Formationen gearbeitet: mit dem Rundfunktanzorchester Berlin unter Günter Gollasch, oder dem Tanzstreichorchester Berlin, geleitet von Jürgen Hermann. Oder ich habe mit anderen, kleineren Gruppen innerhalb des Rundfunks hervorragende Aufnahmen gemacht. Viele Tourneen organisierten die Konzert- und Gastspieldirektionen, jährlich wurden Programme für die Pressefeste in allen Bezirken zusammengestellt. Große und kleine Betriebe, Genossenschaften und andere Einrichtungen riefen an, ob ich Zeit hätte, bei ihren Betriebsfesten aufzutreten. Der Terminkalender blieb weiter gefüllt! Es lief wirklich sehr, sehr gut.

Mehrere Programme habe ich mit meinem Freund Fred Gigo gemacht. Es gab eine Rahmenhandlung, wir beide und andere hatten kleine Rollen zu spielen und dazwischen wurde gesungen, getanzt und artistische Nummern eingebaut. Als 1957 der erste Sputnik gestartet wurde, hieß eine Revue „Rhythmus, Raumton und Raketen". Gigo hatte sich intensiv mit der Raumfahrt beschäftigt und wußte aus dem Hut, wie weit der Mond und die Sonne entfernt sind, und kannte sich in den Gegebenheiten des Weltraumes recht gut aus.

Ein zweites gestaltetes Programm hieß „Fliegen, Lachen, Freude machen" und drehte sich um die „Interflug". Das war natürlich

Autogrammstunde mit Jiri Popper im Wälzlagerwerk Fraureuth.

auch mit viel Spaß gestaltet. Als Gastflug-Kapitäne waren meine tschechischen Kollegen Jiri Popper und später Richard Adam dabei. Dazu kamen die Kaskadeure Quax und Freddy, eine sehr spaßige und auf hohem Niveau stehende Nummer. Und ein Ballett, Stewardessen und Flughafen-Hostessen. Es war eine geschickt zusammengebaute Story, die sehr unterhaltsam war.

„Fliegen, Lachen, Freude machen" im „Lindenhof"-Varieté Zwickau.

Über Arbeit konnte ich mich nicht beklagen. Rundfunk- und Fernsehsendungen standen in meinem Kalender. Bei der organisatorischen Arbeit half mir meine Frau, sie hielt alle Fäden sicher in der Hand. Ich hatte nur gut vorbereitet zum richtigen Termin am richtigen Ort zu sein.
Gern habe ich in den großen Rundfunksendungen gesungen, die später auch im Fernsehen übertragen wurden. Zu ihnen gehörten in den ersten Jahren „Da lacht der Bär" und der „AMIGA-Cocktail". Die

drei Mikrofonisten Heinz Quermann, Gerhard Wollner (später kam für ihn Herbert Köfer dazu) und Gustav Müller moderierten eine sehr unterhaltsame Show, gemixt aus Gesang, Artistik und Humor. Man lernte auf diese Weise auch viele interessante Kollegen aus dem Ausland kennen.
Im November 1958 gab es zum ersten Mal den „AMIGA-Cocktail" aus dem alten Friedrichstadtpalast in Berlin Zweimal im Jahr trafen sich die erfolgreichsten Interpreten mit den Titeln, die in den letzten Wochen besonders gut verkauft wurden, und präsentierten neue Lieder. Heute kaum noch vorstellbar: auf der Bühne zwei Orchester, meist das Tanzstreichorchester des Deutschlandsenders und eine der beiden Radio-Bigbands aus Leipzig oder Berlin. Dazu Gesangsgruppen für die Backroundbegleitung und ein tolles, begeisterungsfähiges Publikum. Gesungen und gespielt wurde live! Auch dies war eine Idee von Heinz Quermann, der mit Margot Ebert das Programm ansagte.

Mit dem RTO Leipzig im 1. „AMIGA"-Cocktail.

In den 50er Jahren waren wir oft in Westdeutschland und Westberlin zu Auftritten. Ich erinnere mich an Konzerte mit Henkels in Hof und Saarbrücken, aber auch am Funkturm in Westberlin oder in der Waldbühne. Dazu mußte ich mir allerdings jedes Mal die Genehmigung holen. Einmal wurde mir diese verwehrt, und ich bin trotzdem zum Konzert in der Sporthalle am Funkturm gefahren. Und Henkels spielte, der durfte, aber ich sollte nicht. Und da wurde ich dann angesagt, trotz Verbot ist er da, der Oststar Nr. 1. Habe einen Riesenerfolg gefeiert, schon möglich, daß die Ansage etwas dazu beigetragen hat.

In der Waldbühne gab es ein Konzert, die „Halbstarkenzeit" hatte gerade begonnen. Mein Kollege Gerhard Wendland, den ich sehr mochte und mit dem ich musikalisch auf einer Welle war, wurde mit Sprechchören bedacht: „Übe zu Hause!" Natürlich hatte ich auch Manschetten. Und ich kam super an, mußte drei Zugaben singen.

Anfang der 60er Jahre gab es zum ersten Mal das Schlagerfestival der Ostseeländer. Gemeinsam mit Bärbel Wachholz vertrat ich die DDR und landeten souverän auf dem 1. Platz. Man muß allerdings dazu sagen, daß das Publikum die Jury war, und da waren wir sicherlich

Mit Bibi Johns im Januar 1956 – Sporthalle am Funkturm (Westberlin).

1971: X. Schlagerfestival der Ostseeländer (u. a. mit Dagmar Frederic, Regina Thoß und Siegfried Uhlenbrock).

etwas im Vorteil gegenüber der Konkurrenz. 1963 vermeldete eine Zeitung, daß Fred Frohberg vom sympathischen Polen Tadeusz Wozniakowski um einen halben Punkt geschlagen worden war. Da gab es schon eine Fachjury und die hat dann verhindert, daß die DDR schon wieder gewinnt.

Lieder des schwarzen Amerika: Spirituals und Gospels

Meine Vorliebe galt schon seit den 40er Jahren, seit ich in der Gefangenschaft mit farbigen amerikanischen Soldaten Kontakt hatte, Spirituals und Gospels. Nicht nur wegen ihrer eigenartigen, urgründigen Musikalität, ihrer volltönigen schwermütigen Melo-dik, die mir stimmlich natürlich sehr lag. Nein, mich interessierte auch der Ursprung dieser Lieder, die Traditionen, in denen sie verwurzelt waren. Ich habe mich intensiv mit dem Schicksal des schwarzen Teils der amerikanischen Bevölkerung beschäftigt. Alle Platten, die ich bekommen konnte, waren in meiner Schallplattensammlung und viele, viele Bücher zum Thema. Die Lieder brachten die Sehnsucht der Menschen nach Gleichheit und Freiheit, die Empörung über die erlittene Diskriminierung zum Ausdruck. Zu meinen musikalischen Vorbildern gehörten Harry Belafonte ebenso wie Paul Robeson und Ella Fitzgerald und das Golden-Gate-Quartett. Ende der 50er Jahre, nach der Zeit bei Kurt Henkels, suchte ich nach neuen musikalischen Ausdrucksformen, ohne den Tagesschlager zu vernachlässigen. Bei Günter Oppenheimer, Pianist beim Rundfunktanzorchester, fand ich ein offenes Ohr. Mit einer kleinen Studiobesetzung und einem Chor produzierten wir einige Lieder auf Schallplatte, dazu gehörten: „Joshua fit the battle of Jericho" und „Nobody knows the troubles I've seen". Aufnahmen, die auch heute noch gut klingen.

Zehn produktive Jahre: das Fred-Frohberg-Ensemble

Die Beatles waren in aller Munde, die Rock-Zeit war gekommen und die Swing-Musik bekam Probleme. Die Jugend hatte neue Ideale, wollte neue Rhythmen. Durch Termine der Konzert- und Gastspieldirektionen und viele Tourneeprogramme hatte ich zwar zu tun. Aber irgendwie hatte ich auch den Wunsch, mal etwas ganz anderes zu machen. Ein Angebot der KGD Dresden kam mir sehr entgegen. Sie schlugen vor, ein Tourneeprogramm für zwei, drei Jahre zusammenzustellen. Ich sollte eine Idee entwickeln, die Dresdner wollten alle Kosten dafür übernehmen. Da erinnerte ich mich an einen Traum, den ich schon immer hatte: eine Gesangsformation zu gründen. Die Vorliebe für Satzgesang hatte ihre Wurzeln in der Zeit in Halle im Stadtsingechor. Dieser Vorschlag fand beim Direktor der Konzertdirektion offene Ohren. Günstig war auch,

Die Fans sind eine Macht – auch für Fred Frohberg.

daß die aus meiner Sicht beste Formation dafür in Dresden zu Hause war: die 4 Teddys. Das war ein Gesangsquartett, das sich an den großen amerikanischen Vorbildern orientierte. Bei den Four Freshman quollen allen, die sich für moderne Gesangssätze interessierten, die Ohren über. In diese Richtung hatten sich die „Teddys" orientiert und sie hatten einen Mann in der Truppe, Rolf Haerting, der unwahrscheinlich gute

Chorsätze und wunderschöne Arrangements schreiben konnte. Aber ein Männerquartett war noch kein Chor. Auch da gab es in Dresden eine Lösung: die „Kerstins", ein herrliches Gesangstrio. Und dazu wollte ich noch eine Solistin, die zugleich die Satzführerin sein sollte. Mir war eine Erzmusikantin aufgefallen, die als Schlagerinterpretin nur bescheidene Erfolge hatte, aber herrlich zu unserem Chor paßte. Ihr Name: Helga Depré.

Damit war das Ganze fast eine rein Dresdner Angelegenheit. Ein Grund mehr für den Direktor, sich ins Zeug zu legen. Die „Teddys" waren von der Idee sehr angetan und begeistert. Auch die „Kerstins" wollten sich gern in ein Ensemble einbinden lassen. Und auch Helga Depré war rasch begeistert von der Idee. Sie mochte mich und ich sie als Kollegen. Das spielte sich alles Anfang 1967 ab.

Rolf Haerting und zwei andere bekamen den Auftrag, Titel zu arrangieren. Zuvor gab es eine längere Diskussion über das Konzept des Programms. Es sollte für jedermanns Geschmack sein, vom internationalen und deutschen Schlager, über nationale und internationale Folklore zum Chanson, Gospel und Spiritual reichen. Spaß sollte nicht zu kurz kommen und die einzelnen Mitglieder sollten auch die Chance haben, ihre solistischen Stärken einbringen zu können. Ich sollte Solotitel singen, den Chor nicht nur als Backround nutzen, sondern auch für die musikalische Begleitung, um möglichst vielfarbig zu sein. Gleiches traf für Helga Depré zu. Und wir beide waren natürlich auch instrumental mit eingebunden. Ich spielte Gitarre, Mundharmonika, Flöte – auch am Klavier machte ich mich nützlich. Damit entstanden die verschiedensten Klangfarben. Es war musikalisch ziemlich gekonnt, auch anspruchsvoll. Volkslieder blieben Volkslieder, obwohl sie in ganz moderne Rhythmen und Harmonien verpackt waren. Ich meine, wir waren eine fröhliche, lustige, musikalisch interessante Truppe, und dies übertrug sich auch auf das Publikum, wie die ersten Auftritte zeigten.

Wir entschieden uns für den Namen „Ensemble 67", weil es in diesem Jahr gegründet wurde und uns auch nichts besseres einfiel. Ich wollte nicht mit meinem Namen glänzen, also kam Fred-Frohberg-Ensemble oder Fred-Frohberg-Chor nicht in Frage. Aber wir bekamen ein Problem. Ein halbes Jahr später schrieb mir die Schauspielerin Vera Oelschlegel, die ich ganz gut kannte. Ihre Mutter war in Leipzig die Chefin der Konzert- und Gastspieldirektion. In dem Brief stand, daß ihr „Ensemble 66" schon länger bestehen würde, und der Gleichklang der Namen könne doch zu Verwechslungen führen und wir sollten uns doch etwas anderes ausdenken. Die Truppe entschied sich dann einstimmig für „Fred-Frohberg-Ensemble".

Im Leipziger Stadtzentrum: Das Fred-Frohberg-Ensemble.

Wir übten wie verrückt in einem Probenraum in Dresden, denn wir hatten nur zwei Monate Zeit bis zu den ersten Auftritten. Aber 90 Minuten wollen erst einmal erarbeitet werden. Der Kürze der Zeit geschuldet, hatte ich selbst die Ansage übernommen. Ich kann zwar ganz gut plaudern, aber wohl gefühlt habe ich mich in der Rolle nicht. Später war dann die Schauspielerin Dorit Gäbler eine Zeitlang bei uns und übernahm diese Aufgabe.

Das Programm wurde immer runder und wurde im Herbst zur DDR-Leistungsschau der Unterhaltungskunst von der KGD Dresden gemeldet. Unsere Mühe hatte sich gelohnt, die Jury zeichnete uns jedenfalls mit einer Goldmedaille aus. Für meine Moderation bekam ich einen kleinen „Hammer". Man meinte, daß ich, na sagen wir es mal so, zu selbstsicher gewesen wäre. Das haben wir dann geändert. An der Goldmedaille „hing" noch ein Vertrag bei AMIGA für eine Langspielplatte (später folgte noch eine zweite) und eine Tournee durch die Sowjetunion. Ein knappes Jahr später gingen wir für sieben Wochen auf Reise. Mit großem Erfolg!

In den zehn Jahren entstanden viele neue Titel, ich habe komponiert und die Leipziger Schriftstellerin Hildegard-Maria Rauchfuß hat die Texte geschrieben. Zu den auch heute noch bekannten Liedern gehörte „Das Glück kommt nicht ungefähr". Wir haben aber auch internationale Musik ausgewählt und dazu neue Texte schreiben lassen. Arrangiert hat in den Jahren für uns auch wieder mein alter Freund Henry Passage, der viele Jahre bei Henkels als Saxophonist gespielt hatte.

Im Leipziger Heim: mit Frau Almut (1.v.r.) und der Schriftstellerin Hildegard Maria Rauchfuß (2.v.r.).

1977 entschloß ich mich, das Ensemble aufzulösen. Nicht weil uns der Erfolg verlassen hatte, sondern weil mich die Belastung als Chef immer mehr von der eigenen künstlerischen Arbeit abhielt. Es war eine künstlerisch sehr produktive und erfolgreiche Zeit. Jahre, die ich keinesfalls missen möchte. Wenn ich heute gelegentlich in die Platte rein höre, bin ich nach wie vor von unserem sehr hohen Niveau überzeugt.

Mit dem Ensemble verbindet sich noch eine interessante Begebenheit. 1968 wurde an mich die Bitte herangetragen, an der Leipziger Hochschule für Musik als Dozent zu arbeiten, als Lehrkraft für moderne Interpretation (Gesang), wie der Auftrag etwas umständlich umschrieben war. Tanzmusik in den heiligen Hallen, damit tat man sich überall im Lande etwas schwer. Gegen die Skepsis wollte ich etwas tun und schlug als meine „Antrittsvorlesung" einen Auftritt unseres Ensembles vor. Der Beifall wollte nicht enden, erst als der Lehrstuhlchef

1970: Dozent an der Leipziger Musikhochschule.

Professor Seipt zu reden anfing, wurde es wieder ruhig. Er meinte sogar, daß dies ein historischer Moment für die Hochschulchronik gewesen wäre. In einem Zeitungsbeitrag wird sein Eindruck zitiert: „Dieses Konzert hat mich doch sehr nachdenklich gestimmt. Was gehört nicht alles dazu, um zu solchen Leistungen fähig zu sein: Große Musikalität, außerordentliches rhythmisches Gefühl, Ernsthaftigkeit der Arbeit, stimmliche Virtuosität, Charme, Humor, das richtige Servieren dieser Musik." Wir hatten offensichtlich die Unterhaltungskunst würdig vertreten.

Nicht mehr gefragt – aber nicht aufgegeben

1990/91 waren für mich zwei komplizierte Jahre. Meine Frau ist in dieser Zeit gestorben, während sie im Sterben lag, meldete sich der Alteigentümer meines Häuschens in Leipzig-Schleußig. Fast 30 Jahre hatten wir darin gewohnt, viele schöne Stunden gemeinsam verlebt. In meinem kleinen „Probierzimmer" entstanden neue Lieder, Kollegen kamen und wir besprachen neue Projekte. Schweren Herzens mußte ich mich vom Haus trennen und zog nach Leipzig-Grünau in eine Dreiraumwohnung. Nicht die neue Wohnung wurde für mich zum Problem, sondern die Trennung von der liebgewonnenen Umgebung. Und die Anrufe blieben aus, die Seiten im Terminkalender blieben leer. Mit 65 Jahren kann man natürlich schon ein wenig kürzer treten, aber zum altem Eisen zählen wollte ich mich noch lange nicht. Die Leute mochten meine Lieder, ich überzeugte sie mit meiner Leistung. Warum sollte ich da aufhören? Und wir im Osten waren sicherlich nicht schlechter als die Kollegen aus dem Westen. Aber die Menschen hatten andere Probleme, mit dem Arbeitsplatz, der Ausbildung der Kinder. Der Kopf war nicht frei für die heitere Muse. Hinzu kam,

Am „Süßen See" bei Eisleben.

daß die Basis des Veranstaltungswesens wegbrach. In den Betrieben fehlte das Geld, die Konzert- und Gastspieldirektionen gab es nicht mehr. Die Gitarre blieb in der Ecke stehen. In diese Phase half mir meine jetzige Frau sehr. Sie gab mir die Kraft, erst mal ohne Panik abzuwarten.

Dieser und jene Sender, auch aus den alten Bundesländern meldete sich, ob ich nicht in eine Gesprächsrunde kommen wolle, um aus meinem Leben zu erzählen. Der MDR lud mich auf sein „Riverboat" ein, später noch einmal zu „Hier ab Vier".

Aus Frankfurt/Main meldete sich Alexander Loulakis, „Chef" des Clubs der Schellackfreunde Hessens. Als erster ostdeutscher Künstler wurde ich als Ehrenmitglied aufgenommen, für – wie es in der

Urkunde heißt – "Verdienste um die Verbreitung und für die Pflege und Erhaltung der Tanz-, Salon- und Unterhaltungsmusik der ersten Hälfte des XX. Jahrhunderts".

Und es kamen auch wieder Angebote, gewohnter, aber auch ungewohnter Art. 1991 stand ich im thüringischen Zeulenroda mit Erwin Leistner, einem Kollegen von der Leipziger "Musikalischen Komödie" auf der Bühne. Und vor, nach oder zwischen unseren Liedern, ganz wie man will, verkaufte ein heftig auf die Gäste einredender Herr Lamadecken. Ein Jahr später war ich für zwei Wochen ins Veranstaltungszentrum Hannover verpflichtet. Das Programm hieß: "Heut' wird hier Musik gemacht", mit dabei waren Julia Axen, Mary Halfkath, Michael Hansen, Günter Gollasch und Ingrid Raak. Sprecher war Siegfried Trzoß aus Berlin, ein Kollege, der sich auch heute noch in Radiosendern der Hauptstadt sehr für Schlager aus dem Osten und ihre Interpreten engagiert.

1993 produzierte der NDR an der Ostseeküste im Sommer eine Veranstaltung. Tamara Danz und Silly waren dabei, auch noch andere Bekannte. Nach den Proben saßen wir am Abend noch am Strand, bis plötzlich einer rief: "Fred, nimm doch mal deine Gitarre!" Und da habe ich losgelegt wie in alten Zeiten. Noch ein Lied und noch ein Lied, alle haben dann zusammen gesungen. Und als alles zu Ende war, spät in der Nacht, kam der Aufnahmeleiter zu mir, ein junger Mann, und sagte: "Herr Frohberg, Sie sind ja ein echter Profi!" Es war sicher als Kompliment gemeint, machte aber auch ein Problem deutlich: Wir waren in der alten BRD

In gemütlicher Runde beim 75. Geburtstag von Fips Fleischer (Mai 1998).

nicht bekannt, hatten es schwer – und die jüngeren Kollegen heute noch immer – akzeptiert zu werden.

Mit meinen Freunden und langjährigen Leipziger Kollegen Herbert Küttner und Manfred Uhlig treffen wir uns jeden Dienstag zum „Stammtisch". Wir plaudern über alte Zeiten, aber auch über das, was sich in Leipzig verändert. Seit einigen Jahren fahren wir auch mit unseren Familien gemeinsam in den Urlaub.

1998: Fred und seine Gitarre – immer noch unterwegs!

Und ich gehe wieder auf Tour mit Manfred Uhlig und Günter Frieß, unser musikalischer Begleiter und Organisator. Manchmal auch mit Manfred allein. „Zwei gute Freunde" heißt unser Programm. Manfred sorgt für die sächsische Gemütlichkeit und den Humor. Ich singe ein Medley meiner bekanntesten Titel. Zwischendurch wird „getalkt", wie das neudeutsch heißt. Eine wunderbare Sache. Natürlich sind im Publikum vorwiegend ältere Menschen, wir suchen auch ihre Nähe: Seniorenheime, Veranstaltungen der Volkssolidarität, Heimatfeste. Das Schöne an diesen Auftritten sind die Gespräche danach. Dann werden Erinnerungen ausgetauscht. „An diesem Abend beim Pressefest, als sie aufgetreten waren, habe ich meine Frau kennengelernt" heißt es da etwa. Zwischendurch gibt es auch mal eine „Mugge" in einem großen Saal. In der Chemnitzer Stadthalle war ich im Herbst 1995 zum Jubiläum der Volkssolidarität.

Ich werde jetzt mit zunehmendem Alter gefragt, warum ich mir die „Tingelei" immer noch antue. Zum einen macht es mir immer noch Spaß. Und wir haben auch das Gefühl, daß unsere Menschen, unsere Leute, das auch mögen. Unser Publikum ist mit uns alt geworden, und will seine Interpreten, die es Jahrzehnte gewöhnt war, auch wieder mal sehen. Das ist kurz gesagt der Grund dafür. Solange mir meine Fans die Treue halten, will ich auch weiter auf der Bühne stehen.

Grab auf dem Friedhof Leipzig-Lindenau.

Im Sommer 1999 erkrankte Fred Frohberg. Die gesundheitlichen Probleme und Sorgen versagten ihm, weiter an seinen Lebenserinnerungen zu arbeiten. Am 1. Juni 2000 verstarb er in Leipzig.

Almut Frohberg: Die schönste Zeit in meinem Leben

Die schönste Zeit in meinem Leben war die Zeit mit meinem Fred, leider zu kurz – wir hatten noch so viele Pläne!
„Ich möchte so gern noch ein paar Jahre mit dir leben", das waren seine letzten Worte. Für mich war er ein ganz besonderer Mensch – er gab mir alles, was ich mir je erträumte, deshalb ist es jetzt so schwer, ohne ihn weiterzuleben. Er war ganz einfach eine Sonne, er war lieb, verschmust und hatte viel Gemüt. Er war intelligent und belesen, ich habe sehr viel von ihm gelernt. Lief eine Quizsendung im Fernsehen, hatte er fast immer die richtige Antwort parat. Wenn er zu Veranstaltungen fuhr, war ich seine ständige Begleiterin und habe ihn unterstützt, wo ich konnte, und das hatte er gern. Er sagte immer: „Ohne dich könnte ich das gar nicht mehr so machen!"
Ich versuchte meinen Fred immer herauszuputzen, damit er seinen Fans gefiel – da verdrehte er oft verschmitzt seine immer noch hübschen blauen Augen – aber er ließ es über sich ergehen. Ich habe jedes Mal gestaunt, wie begeistert er immer wieder von seinem Publikum aufgenommen wurde und wie alle seine Lieder eifrig mitsangen. Er interpretierte seine Melodien mit Herz und das übertrug sich auch auf seine Fans. Die Leute kamen nach der Vorstellung auf ihn zu und tauschten alte Erinnerungen aus – er war eben ein Künstler zum Anfassen!
Sehr beliebt war er auch bei meinen Freunden, die inzwischen auch die seinen waren. In meinem Gesangs- und Instrumentalensemble, dem ich nun schon 16 Jahre angehöre, war er stets mit von der Partie, wenn wir Auftritte hatten, und gab uns so manchen Rat. Wenn ich mit der Stimmlage nicht klar kam, setzte er sich zu Hause mit mir ans Klavier und brachte mir die richtigen Töne bei.
Besonders liebte er die Gemütlichkeit. Vorwiegend an Feiertagen, wie Ostern oder Weihnachten, erwachte in ihm das Kind – er wollte seinen traditionellen Weihnachtsteller mit Süßigkeiten haben, die mochte er besonders gern! Er stand neben mir, wenn ich Plätzchen

backte und war eifrig am naschen. Wenn er dann mit der Familie in gemütlicher Runde beim Kaffee trinken saß, war er glücklich. Doch konnte er auch böse werden! Da er keine Enkelkinder hatte, vergnügte er sich oft mit den meinen. So manches Mal gab es ein Donnerwetter, wenn sie nicht parierten, aber das war schnell vergessen. Dann nahm er sie wieder beim Kopf und im gleichen Moment fragten sie: „Onkel Fred, was mach' mer'n jetzt?" Er sorgte stets für Harmonie und strahlte viel Wärme und Geborgenheit aus. Oft dachte ich, leider wird es nicht immer so schön bleiben können. Er liebte die Natur, sah jede Blume am Wegesrand und befaßte sich besonders mit der Vogelkunde. Jedes Mal, wenn wir mit dem Auto unterwegs waren und sich am Himmel etwas bewegte, wußte er sofort, was es für ein Vogel war – er erkannte es am Flugbild und an den Stimmen der Tiere. Er besaß viele Bücher über Ornithologie und in seinem Archiv findet man Schallplatten mit den Stimmen der einzelnen Vögel. Unser Sommerhäuschen am Süßen See bei Eisleben war sein Lieblingsdomizil – dort konnte er relaxen und die Vögel ganz besonders beobachten. Wir konnten verfolgen, wie die Enten und Rallen im Schilf in der Nähe unseres Steges brüteten und dann schlüpften – was man im alltäglichen Leben kaum zu sehen bekommt – das war seine Welt! Er versuchte mir die verschiedenen Vogelarten näher zu bringen, zum Beispiel Haubentaucher, Teichrohrsänger usw. Wir standen oft gemeinsam am Steg, bestaunten den Sonnenuntergang und beobachteten das Treiben auf und über dem Wasser. Seine Lebensdevise war: „Ich liebe das kleine Glück – Glück ist, wenn einem ein Vogel etwas singt und das genügt mir." Wir verlebten viele schöne Stunden am See – vereint mit Freunden, Verwandten und Bekannten, die uns oft besuchten – es war manches Mal wie in einem Hotel!
Wenn der Sommer nahte, den wir bei schönem Wetter meist bis Ende September, manchmal auch bis Ende Oktober im Häuschen verlebten, war Fred der glücklichste Mensch auf Erden. Er war ein besonders begeisterter und guter Schwimmer. Der erste Gang am Morgen war der zum Wasser, erst dann zur Morgentoilette und zum Frühstück.

Aber ehe wir unsere Zeit am Süßen See verbrachten, fuhren wir, meist mit Familie Küttner und Familie Uhlig, in den Urlaub – in die Berge. Doch im letzten Jahr – 1999 – sagte Fred zu mir: „Dieses Jahr fahren wir nicht mit, sondern genießen mal recht lange unser Häuschen!" Als hätte er es geahnt – es war der letzte Sommer an seinem geliebten See. Wir verlebten einen wunderschönen Urlaub – hatten wieder sehr viel Besuch, so daß Fred einmal zu mir sagte: „Du langweilst dich wohl mit mir?" Doch er freute sich auch, wenn Freunde kamen. Er war ein liebenswürdiger und großzügiger Gastgeber.

Am Abend des 29. August begann die Tragödie – für uns ein schrecklicher Abschluß! Völlig unerwartet mußten wir Fred in die Klinik bringen. Als er dann nach einer Woche vom Krankenhaus Eisleben nach Leipzig überführt wurde, ließ er sich noch einmal zum See fahren – er fühlte, es war ein Abschied für immer! Es folgten Tage, Wochen und Monate der Angst und Ungewißheit – dann die schreckliche Wahrheit!

Fred hat gekämpft bis zuletzt, aber die Krankheit war stärker! Die schlimmen Stunden schweißten uns noch mehr zusammen, doch der Tod besiegte ihn. Die Zeit mit Fred war kurz – knapp zehn Jahre – aber sie war besonders schön und bleibt für mich unvergessen! Vieles hat sich für mich von heute auf morgen verändert, es ist still um mich geworden – schrecklich still!!

Fred Bertelmann hat einmal ein schönes Lied gesungen, was uns besonders gefiel: „MAN KANN ALLES NUR EINMAL ERLEBEN, UND DANN IST ES FÜR IMMER VORBEI!"

Für die Welt warst Du nur ein Mensch, für einen Menschen konntest Du die Welt sein!

Freunde, Kollegen und Fans erinnern sich ...

Julia Axen: Das Publikum mochte ihn sehr

Mit dem Lied „Papa, du bist so reizend" sang sich Julia Axen Mitte der 50er Jahre in die erste Reihe der DDR-Schlagersängerinnen, mehr als 600 Titel wurden bei Funk und Schallplatte produziert, sie steht auch heute noch auf der Bühne, u. a. mit „Wiener Liedern".

Ich war 17jährig, als ich dem Fred das erste Mal begegnete. Das war ein Tourneeprogramm mit dem Titel: „Mulles Zeilensalat". Es spielte das Orchester Alo Koll, die Ansage machte Heinz Quermann. Als Solisten waren dabei Heinz Schultze und Irma Baltuttis, manchmal auch Lutz Jahoda und der französische Kollege Francis Lori. Und eben Fred. Ich kann mich an folgende Begebenheit erinnern. Eines Tages sagte Francis Lori wie aus heiterem Himmel: „Isch kann nicht singen, ohne Rotwein und Banane!" Bananen gab es in der DDR eigentlich nirgendwo zu kaufen. Also besorgte man ihm welche im Zoo und fortan bekam er vor jedem Auftritt Rotwein und Bananen in seine Garderobe. Bis dem Fred irgendwann der Kragen platzte, und er den Kollegen nachmachte und sagte: „Isch kann auch nicht singen ohne Rotwein und Banane!" Er verdrückte die köstlichen Dinger und von Stund an konnte Herr Lori wieder ohne die Sondereinlage singen. Diese spaßige Begebenheit ist viele Jahre her!

Julia Axen.

Als junges Ding habe ich mich über seine Mädchenbekanntschaften gewundert, ich konnte das gar nicht fassen. Er nannte alle Frauen Sternchen und sie bekamen von ihm ein Küßchen auf die Stirn. Das war eben sein besonderer Charme.
Ich hatte das große Glück von 1986 bis 1990 mit ihm mit dem Programm „Evergreens non stop" vier Jahre hintereinander zu reisen. Die Idee stammte von Heinz Quermann und dabei waren das Orchester Schwarz-Weiß und Helga Brauer, Fred Frohberg, Günter Geißler, meine Wenigkeit und die Solisten des Orchesters. Wir waren alle ein Stück älter geworden, hatten Hochs und Tiefs in diesem Beruf erlebt. Mit Fred zu reisen war angenehm, er war einer, der nie vordergründig war. Wenn er mal übel gelaunt war, das merkte ich bald, hing das mit seiner Behinderung zusammen. Einmal, es war in Güstrow, haben wir den Arzt holen müssen, ehe die Vorstellung losging. In solcher Stimmung brummelte er schon mal rum: „Ich habe das gar nicht mehr nötig! Warum tue ich mir diese Unannehmlichkeiten überhaupt an!" Aber wenn das vorbei war, dann war er wieder ganz happy. Er war rundum ein richtig guter Musikant. Nicht nur schlechthin ein Sänger, ein guter Sänger. Wenn eine Notsituation zu überbrücken war, griff er zur Gitarre und keiner merkte im Saal, daß irgendwo etwas klemmte. Das kann heute nicht jeder. Fred konnte es und machte es sehr gut!
Während unserer Tourneezeit war er ein sehr hilfsbereiter Mensch. Ich war operiert und durfte für lange Zeit keine schweren Gepäckstücke tragen. Und der Fred hat angerufen, ich war schon mehr als sechs Wochen ausgefallen: „Mensch komm doch wieder, Hauptsache du bist da, und wir können wieder unsere Medleys singen. Wir helfen dir auch, wo es geht. Du brauchst nichts tragen und nicht allein Auto fahren." Und obwohl ihm selbst vieles schwer fiel, haben er und die Kollegen mir ganz lieb geholfen. Ich durfte nicht einmal den Schminkkoffer tragen!
In der Zeit nach der Wende waren wir auch ab und an bei verschiedenen Auftritten zusammen. Er hatte eine wunderbare Art mit den

Leuten umzugehen, er traf das Publikum mitten ins Herz. Er erzählte so ungezwungen, locker und so einfühlsam, daß die Leute an seinem Mund hingen, bis er fertig war. Und dann war es immer noch nicht genug. Vielleicht eine Geschichte, die man erst begreift und erfaßt und ausüben kann, wenn man ein gewisses Alter hat. Dann rutscht man näher an die Menschen ran. Und das war immer schön zu erleben.

Ich freue mich, daß er in den letzten Jahren seine Almut gefunden hat, mit der er endlich – so glaube ich – einen ruhenden Pol im Leben fand, den er vielleicht vorher immer gesucht hatte. Möglicherweise war das auch ein Grund, daß er mehr auf die Leute zugehen konnte, weil in ihm eine satte Ruhe war.

In der Zeit seiner Krankheit haben wir immer mal miteinander telefoniert und er war so überzeugt, daß er das packt. Er sagte jedes Mal: „Ach, meine Kleene, ich werde schon wieder!"

Der Fred ist einer, der mir richtig fehlt, weil man alle die Jahre engen Kontakt miteinander hatte. Plötzlich ist ein wichtiger Mensch nicht mehr da. Dauert vielleicht noch eine Weile, es zu begreifen, vielleicht schafft man das auch nie mehr.

Er war einfach ein toller Kerl, ein ganz lieber Freund und Kollege!

Fred Bertelmann: Gemeinsam „getönt"

Der Sänger, Schauspieler, Musiker wurde Schallplattenmillionär mit dem Lied „Der lachende Vagabund", er war in den 50er und 60er Jahren in mehreren Spielfilmen zu erleben.

Mit Fred Bertelmann (Anfang 90er Jahre in Halle).

Wir zwei Freds lernten uns kennen Anfang der 50er Jahre bei Aufnahmen in Leipzig im Funkhaus mit Kurt Henkels und seinem Orchester und feierten anschließend bei „Finsterbusch" unsere ersten Erfolge – auch mit den Kollegen Fips Fleischer und Horst Reipsch und den anderen Musikern der Band. Im Verlaufe der Jahrzehnte lernten wir uns immer mehr schätzen und verstehen. „Tina-Marie" wurde für uns beide ein sehr großer Erfolg.

Wir sind ein Jahrgang, und zu unserem gemeinsamen 65. veranstaltete das Adlershofer Fernsehen für Fred eine Jubiläumssendung, die in einer Gaststätte am Müggelsee aufgezeichnet wurde. Ich erschien da zu seiner großen Überraschung – denn es war wirklich für ihn nicht bekannt gewesen – und wir „tönten" wieder mal gemeinsam „Zwei gute Freunde".

Beim letzten Besuch von Almut und Fred waren wir im „Bischofshof" in Regensburg, um Kalbshaxn zu essen, die er sehr genoß. Wir verstanden uns über die vielen Jahre gut, der Kontakt ist nie abgerissen – daran habe ich auch an seinem Grab in Leipzig gedacht – und er wird bei mir immer in guter Erinnerung sein. Ich hoffe sehr, daß auch seine alten Anhänger und Freunde so empfinden!

Hans-Jürgen Beyer: Fred als Taxifahrer

Hans-Jürgen Beyer war Sänger bei den Thomanern, nach dem Musikstudium in Leipzig wurde er ein erfolgreicher Schlagerinterpret im In- und Ausland, u. a. mit dem Titel „Tag für Tag" beim World-Song-Festival in Tokio, in den neuen Bundesländern wieder viel unterwegs.

Es war 1993, ich hatte während einer Kreuzfahrt auf der MS „Berlin", gesungen. Meine Mutter wollte bei der Reise dabei sein und das klappte auch. Wir kamen aus Südamerika in Berlin mit dem Flugzeug an und hatten natürlich jede Menge Gepäck. Meine Frau, die ist ja Australierin, war noch ziemlich neu in Deutschland, und richtete in Leipzig die Wohnung ein. Wir hatten

Hans-Jürgen Beyer.

demzufolge nicht vereinbart, daß sie Mutter und mich abholte. Es würde schon irgendwie klappen, davon waren wir fest überzeugt. Ich hatte noch am gleichen Tag in Berlin im „TaP" (Theater am Park) einen Auftritt. Da war ich verpflichtet mit vielen lieben anderen Kollegen, auch Fred Frohberg. Seine Frau war auch mit, und ich habe natürlich erst einmal erzählt über die Reise, die Fahrt durch den Panamakanal und die Arbeit auf dem Schiff. Am Ende des langen Berichtes sagte ich: „Also, das war alles wunderbar, aber ich habe nur ein Problem! Ich weiß nicht so recht, wie ich nach Leipzig komme." Und Freds bekannte Hilfsbereitschaft wirkte auch in diesem Falle. Er meinte: „Mensch Hans, habt Ihr viel Gepäck?" Ich darauf: „Ist schon eine ganze Menge, wir waren ja paar Wochen unterwegs!" Aber getreu dem Motto: Raum ist in der kleinsten Hütte, hat er sich alle Mühe gegeben. Wir haben die großen Koffer verpackt. Für Mutter, Freds Frau und uns beide war dann auch noch irgendwie Platz. Außer Fred hatten alle noch ein Gepäckstück auf den Beinen. Das fand ich ganz lieb von ihm. Auf der Fahrt sprach er dann auch über viele Dinge, die ihn bewegten. Er war nicht immer nur der Fröhliche. Er war hier groß geworden, hatte seine Arbeit und hing daran. Natürlich, daß er vieles anders sah, als mancher Junge. Vor allem die Art und Weise, wie er sein Haus in Schleußig verlassen mußte, weil der Alteigentümer es wieder haben wollte, hatte ihn sehr getroffen.

Natürlich war er durch seine Professionalität, seine Bereitschaft, Tips zu geben, immer auch ein Vorbild. Und als Fred am 1. Juni 2000 gestorben ist, und ich davon hörte, habe ich spontan seine Frau angerufen und gefragt, ob sie etwas dagegen hätte, daß ich auf der Beerdigung singe. Ich wollte unbedingt für ihn singen, weil ich ihn sehr geachtet und geschätzt habe, weil er ein ganz dufter Kumpel war. Und so habe ich das „Ave Maria" bei der Trauerfeier auf dem Lindenauer Friedhof gesungen.

Walter Eichenberg: Seine Lieder für den Seemann

Der Trompeter und Arrangeur beim Rundfunktanzorchester Leipzig komponierte einige der Erfolgslieder für Fred Frohberg, von 1961 bis 1990 war er „Chef" der Leipziger Radio-Big-Band.

Der Fred war auch – in musikalischer Hinsicht – eine Ausnahme. Da er nicht der Spring-ins-Feld-Typ war, mußte er alles mit seiner Stimme machen. Als er 1948 bei Henkels vorsang, haben wir schon die Ohren gespitzt und sofort gemerkt, daß seine Baritonstimme etwas Neues, Besonderes war. Sie war markant, und wie er seine Gospels und auch die anderen Lieder sang, war für die damalige Zeit im Schlagergeschäft was Neues. Wir hatten hier noch keine eigenen Interpreten und das, was von drüben kam, war auch nicht immer die große Offenbarung. Also, was Fred bot, fiel auf. Wir haben uns dann durch die Arbeit natürlich näher kennengelernt, ich schrieb ja viele, viele Arrangements für die Band und die Solisten. Wir hatten auch eine Gemeinsamkeit, auf die wir gern verzichtet hätten. Wir hatten beide im Krieg einiges abbekommen. Ich habe das Auge verloren, und noch verschiedene andere Verwundungen, und Fred sein Bein. Solch gemeinsames Schicksal verbindet.
Und dann kam die Zeit, wo die Leute sagten, gibt es denn bei uns keine Texter und Musiker, die eigene Titel schreiben können. Wir müssen doch nicht nur Titel nachspielen und alles nachmachen, was da so losgeht. Fred hat auch viele internationale Lieder produziert und gesungen. Das waren mindestens die Hälfte im Programm, auch amerikanische Hits. Damals gab es noch die russischen Kulturoffiziere, die das Sagen hatten. Die sagten, wenn das den Leuten gefällt, dann spielt es doch. Das waren sehr einsichtsvolle und gebildete Menschen, auch Musikwissenschaftler drunter. Die haben im Sendesaal gesessen, wenn wir Livesendung hatten, und haben sich an der Musik gefreut. Kein Mensch hat jemals gesagt, das können sie aber nicht spielen, weil es ein amerikanischer Titel ist.

Arbeit an einem neuen Titel mit Walter Eichenberg.

Ich wurde dann angeregt – und wir hatten ja auch in Leipzig den Hardt-Musik-Verlag – mal was zu schreiben. Und das lief dann so. Alle zwei, drei Monate kamen die Texter und Komponisten aus der sowjetisch besetzten Zone hier ins Funkhaus mit ihren Titeln. Sie wurden vorgestellt, und ausgewählt, was gemacht wurde und was nicht. Und da waren natürlich auch welche für die Irma und den Fred dabei. Und dann kam dieser Henkels-Film „Musik, Musik, Musik". Da habe ich geschrieben „Einsam liegt mein Schiff im Hafen". Der Film wurde ja ganz gut bekannt, es war der erste dieser Art, der bei uns gedreht wurde. Die Titel haben sich gehalten, sind schon fast zu Evergreens geworden. Das war die fruchtbarste Zusammenarbeit zwischen Fred und mir. Ich habe später auch noch gern für ihn geschrieben. Ich wußte, was er wollte, was er konnte und wie man seine stimmlichen Fähigkeiten nutzen konnte. Man will ja als Komponist bewußt die Stärken des Künstlers nutzen.

Es gab sicherlich zwei Gründe, warum die Seemannslieder so beliebt wurden. In der damaligen Zeit war die Seemannsromantik groß im Schwang. Das große weite Meer und dieses kleine Ländlein. Der Krieg war vorbei. Keiner konnte groß raus und diese Sehnsucht war schon da. Und da der Fred mit seinem Timbre gut auf dieser Stimmung lag, wurden für ihn einige dieser Titel geschrieben, u. a. von Natschinski: „Über das weite, weite Meer". Und „Einsam liegt mein Schiff" und „Steuermann halte Kurs" – diese beiden Lieder bedienten genau seine Stärken. Ich sagte ja schon, daß man so schreibt, um die Stärken eines jeweiligen Solisten zu nutzen. Und das waren sie, seine Baritonstimme, das war der Klang, den er vom Shanty her kannte. Und es mußte auch eine gewisse – ich will es mal profan sagen – Schwere haben. Später, nach 1960/61, dann haben wir das nahtlos fortgesetzt, als ich Leiter des Orchesters wurde und es wieder los ging. Es war ja erst einmal eine Flaute nach dem Weggang von Henkels. Erst nach ein, zwei Jahren kamen wieder die Konzerte, die Platte und dann auch das Fernsehen. Beim Rundfunk waren wir ja immer präsent. Da haben wir auch sehr viele Sendungen zusammen gemacht, auch viele Studioaufnahmen und ein paar Schallplatten. Ich habe ja im Laufe der Zeit als Orchesterleiter Sachen erlebt, wo ich mich geschämt habe. Da kamen Leute – wir haben immer gesagt – mit Musikzetteln. Eine Gitarrenstimme, eine Baßstimme und noch irgendwas. Ich habe dann gefragt, ist das alles? Na ja, mehr habe ich nicht. Das gab es beim Fred nicht. Er hatte ein anständiges Repertoire. Wenn ich das als Beruf ausübe, Sänger bin und damit mein Geld verdienen will, habe ich auch für ein anständiges Notenmaterial zu sorgen. Und deshalb ist mir der Fred als Kollege immer in guter Erinnerung gewesen, wenn er kam, packte er aus und dann ging das los. Er war Profi durch und durch. Er hat eben auch von der Pike auf gelernt, von Bigband bis zur kleinsten Besetzung gesungen. Und hat sich auch als Alleinunterhalter auf der Gitarre selber begleitet. Das ist auch eine Vielseitigkeit, die es damals sehr selten gab. Da war er weit und breit einer der wenigen, die das beherrschten.

Ina-Maria Federowski: Eintrag ins „Muggenbüchlein"

Ina-Maria Federowski.

Die Sängerin war schon im Elternhaus musikbegeistert. Nach dem Musikstudium (Klassik, Unterhaltung und Lehrbefähigung) in Dresden folgten vier Jahre Engagement als Chorsängerin und in kleinen Rollen an der Dresdner Staatsoperette. Sie wurde Bandsängerin und agierte ab 1976 auf den Unterhaltungsbühnen, im Radio und Fernsehen.

Ich habe den Fred und sein Ensemble schon verehrt, als ich Kind war und meine Eltern sich den ersten Fernsehapparat kauften. Das war 1969, da ging ich noch zur Schule, und mein Berufswunsch stand überhaupt noch nicht fest. Da sah ich ihn und war begeistert, das hat mir imponiert und Spaß gemacht. Auf der Bühne wurde live gesungen, vorgefertigte Produktionen waren damals noch nicht in. Ich war schon ein ganzes Stück stolz, als ich 15 Jahre später mit ihm im Fernsehen auftreten konnte oder auf Tournee war. Anfangs hat er mich immer mit großen Augen angesehen und gedacht: „Kann die was, oder kann die nichts?" Er gab gern und bereitwillig Tips. Einer seiner weisen Sätze hieß: „Sei nett zu allen Kollegen, auf dem Weg nach unten begegnen sie dir alle wieder!"
Gelauscht haben wir alle, wenn Fips Fleischer, Heinz Quermann und Fred von ihren Streichen erzählten. Sie haben auch unter den komplizierten Bedingungen der Anfangsjahre viele lustige Dinge angestellt. Das fanden wir wunderbar, wenn sie erzählten. Und Fred konnte gut erzählen. Disziplin, Können und fundierte Ausbildung waren für ihn selbstverständlich, das bestätigen alle, die ihn kannten. In dieser Hinsicht habe ich auch viel von ihm lernen können.

Er hat uns vorgelebt, wie man in diesem Job über Jahre hinaus sehr erfolgreich sein kann.
Ich war mit Fred auch am 23. Mai 1999 in Quedlinburg auf dem wunderschön restaurierten historischen Marktplatz zum „Kaiserfrühling" in einem großen Unterhaltungsprogramm noch zusammen. Da hatten wir uns jahrelang nicht gesehen. Für ihn war das wohl einer seiner letzten Auftritte gewesen. Er war so lieb zu seiner Frau, wir haben geschwatzt und ein Glas Wein zusammen getrunken. Und er war voller Hoffnung.
Am Anfang meiner Karriere habe ich mein „Muggenbüchlein" angelegt. Kollegen, mit denen ich zusammen auf der Bühne stand, habe ich gebeten sich einzutragen. Natürlich steht auch Fred darin. Heute eine liebe Erinnerung, auch manch anderer, der darin steht, lebt schon nicht mehr. Auf das Büchlein bin ich richtig stolz! Fred hat mir ein Bild gegeben und als Text dazu geschrieben:

„Meine liebe Ina,
mit Dir bin ich immer gerne zusammen, ob bei Pressefesttourneen, ‚Freds Plaudertasche' in Halle und Weißenfels, Fernsehen oder sonstwo, Du bist ein lieber, hilfsbereiter, dufter Kumpel, mit dem man gern quatscht und trinkt!
Für Dich viele Erfolge und mir das Allerbeste!
Ich bin immer Dein oller Fred!"

Geschrieben hat er das, damals noch in Karl-Marx-Stadt, am 11. Juli 1986.

Fips Fleischer: Das verpatzte Hochzeitsständchen

Der ehemalige Schlagzeuger beim Rundfunktanzorchester Leipzig unter Kurt Henkels gründete später ein eigenes Orchester, mit dem er erfolgreich in vielen Ländern gastierte und internationale Stars begleitete.

In unserer Branche gibt es viele Spezialausdrücke, die eigentlich aus anderen Bereichen kommen. Ein „steiler Zahn" oder eine „flotte Biene" ist z. B. ein hübsches Mädchen, eine „A-Klarinette" ist ein langes bzw. großes Mädchen. „Abstecher" sagt man, wenn ein Künstlerensemble auf einer anderen Bühne in einer anderen Stadt ein Gastspiel gibt, nicht in dem Theater auftritt, in dem es eigentlich engagiert ist, also eine „Mugge" macht. Mugge heißt eigentlich „musikalisches Gelegenheitsgeschäft".
Solche Muggen haben wir mit der damaligen Kurt-Henkels-Band gern und oft gemacht. Einesteils deshalb, weil wir aus dem Studio-

Fips Fleischer und Fred Frohberg im „Krug zum grünen Kranze".

betrieb mal rauskamen und bei diesen Live-Shows Menschen vor uns hatten und nicht nur Mikrofone. Eine dieser Muggen fand irgendwann Ende der 40er Jahre in Genthin statt. Nach unserer Show gingen wir in unser Hotel auf ein Bier und um eine Kleinigkeit zu essen. Im großen Gastraum war eine Feier, also eine sogenannte geschlossene Gesellschaft, und wir, als „nur" Hotelgäste, mußten im Vorraum neben der Theke an ein paar Tischen Platz nehmen. Diese Situation und der Platz war uns recht und auch nicht fremd.

Die meisten Hotels sind ähnlich gebaut und unweit der Rezeption ist auch meist eine Theke. Wir aber hatten ein Problem: Wir hatten Hunger. Auf unsere Fragen, ob es etwas zu essen gäbe, antworteten die Kellner, daß die Küche geschlossen sei und wir sollten Ruhe geben mit unserem dämlichen Gequatsche. Im Widerspruch dazu liefen aber dauernd Kellner mit Bratenplatten und anderen diversen Speisen an uns vorbei in die Gaststube, wo offensichtlich die illustre Gesellschaft saß. Es war, das erfuhren wir aber erst später, eine Hochzeitsfeier. Also überlegten wir, ein musikalisches Ständchen zu bringen und vielleicht würden die uns dann zu Tisch laden.

Unsere Instrumente aber waren im Bus, der Fahrer nicht vorhanden, er schlief irgendwo. So sagten wir uns: Wir müssen singen!

Wozu hatten wir unseren Band-Sänger Fred Frohberg? Und Fred hatte in seinem Repertoire einen Titel, der zu dieser Gesellschaft paßte. Er hieß: Die ungarische Hochzeit. Vorher aber wollten wir ein kleines Vorprogramm gestalten und jeder von uns sitzengebliebene Musikant sollte etwas tun – schließlich hatten wir alle Hunger! Bei einem Drink an der Theke stellten wir also ein kleines Vorprogramm zusammen. Es gibt Vocalise-Gesänge. Jeder Profi kennt diesen Kram. Solch ein Song sollte der erste Titel sein. Einfach harmonisch, ohne Text, die Töne und die Harmonien singen. Das ist idiotisch simpel für einen Musiker. Die Probe war beendet. Wir teilten uns ein, einer begleitete am Klavier, Fred Frohberg war natürlich der Solist und Stimmführer, ich mimte den Moderator und die anderen Kollegen waren der Chor. Die schwerste Klippe allerdings hatten wir noch vor uns. An der Saaltür lungerten Kellner herum, die aufpaßten, daß kein Fremder hinein konnte. Dann ließ einer von uns im Thekenbereich ein Glas auf den Boden fallen. Sofort waren alle Kellner am „Unglücksort" und wir öffneten schnell die vorher streng bewachte Tür, stürmten hinein in den Festsaal und begannen zu singen. Das Publikum rückte die Stühle in Blickrichtung Klavier, Solist und Chor und nachdem wir unseren Titel beendet hatten, setzte ein Applaus ein, als wären gerade die Rolling Stones (die zwar damals noch keiner kannte) aufgetreten. Wir bedankten uns und wollten gehen, aber ein Herr aus dem Publikum stürmte auf uns zu, schüttelte uns die Hände, bedankte sich für die freudige Überraschung und lud uns ganz herzlich ein, an der Tafel Platz zu nehmen.

Das aber lehnten wir erst mal dankend ab und logen, daß wir gar keinen Appetit hätten und daß man uns nicht unterstellen solle, daß wir mit unserem Ständchen irgend eine geschäftliche oder gar naturelle Absicht verfolgt hätten – wir ließen uns richtig nötigen, wie das so gerne Künstler tun!

Endlich konnten wir nicht mehr widerstehen. Wir langten zu. Wir langten unheimlich zu, so lange, bis wir von einem anderen Herrn unterbrochen wurden, der sich auch höflich für unsere Darbietung bedankte und uns gleichzeitig bat, doch noch den Gästen zuliebe eine kleine Zugabe zu bringen. Satt waren wir ja und um des Trinkens willen, wollten wir ja gern noch bleiben – aber wir hatten kein Lied mehr.

Nach langem Bitten des Gastes sagten wir zu Fred: „Nun sing doch das Lied von der ungarischen Hochzeit, denn hier paßt es doch richtig hin." Wieder eine kurze Absprache bezüglich Tonart, Ablauf usw. und ich begann erneut: „Meine sehr verehrten Damen und Herren, wir sind gebeten worden, ihnen noch eine Kostprobe aus unserer großen Bühnenschau zu servieren. Fred Frohberg wird – begleitet von ein paar Musikern unseres Orchesters eine wunderschöne Ballade vortragen. Sie heißt: Die ungarische Hochzeit. Viel Vergnügen. Fred Frohberg!"

Klaviereinleitung und los gings. Fred begann:
„Hinterm Stein am Anger, stand ein Baum ein langer.
Auf den Baum steigt Janosch jede Nacht vergnügt
und er wirft vom Astel Liebesbrief auf Kastel,
dort wo süße, kleine Roschis liegt …"
In dem Text, der eine Geschichte ist, kommt u. a. weiter vor:
„… und er hält a blöde aber lange Rede,
alles schneuzt ergriffen sich ins Tischtuch schon …"
Unser Publikum begann sich immer mehr zu lichten – was für einen Künstler sehr deprimierend ist. Spätestens an der Stelle mit der blöden, aber langen Rede kehrten uns die Hochzeitsgäste die Rücken zu. Es war peinlich für uns und wirklich ungewohnt. Wir waren allein!
Am nächsten Tag erfuhren wir von ein paar Mädels, die uns wohl verehrten und alles miterlebt hatten, daß sich bei der Hochzeit und der Feier alles so abgespielt hatte, wie im Text der Ballade und daß sich einige Gäste angegriffen fühlten. Das hat man davon, wenn man in eine private Feier eingreift!

Günter Frieß: Auch als „Oldie" beliebt

Der Musiker Günter Frieß wirkte viele Jahre mit dem von ihm gegründeten Sextett als Begleitband in Veranstaltungen des Rundfunks, Fernsehens und unzähligen Tourneeprogrammen der Konzert- und Gastspieldirektion.

Als Student der Robert-Schumann-Akademie Zwickau, hörte ich eines Tages im Radio das Rundfunktanzorchester Leipzig unter der Leitung von Kurt Henkels. Als Gesangssolist wurde angekündigt: Fred Frohberg. Als ich diese Stimme hörte, stand für mich fest, mit diesem Sänger möchte ich einmal zusammenarbeiten. Nach einigen Lehrjahren und Zwischenstationen wurde dann die Gastspieldirektion und der Rundfunk auf unser Sextett aufmerksam. Kurze Zeit später ging dann der Wunsch, mit Fred Frohberg in einer Veranstaltung aufzutreten, in Erfüllung. Vorher machte ich mir noch als „kleines Licht" Gedanken, wie würde Fred, der Star, sein? Er war ein absoluter Könner und bedeutender Mensch. Nach der Veranstaltung bedankte sich Fred bei mir und sagte: „Mein Junge, das war dufte!" Es folgte eine jahrzehntelange Zusammenarbeit.

Das Günter-Frieß-Sextett.

Als es dann ab 1989/90 etwas ruhiger wurde, sprach ein Mitarbeiter der KGD Halle Fred an und sagte: „Wir habe eine Lücke für das Publikum der 50er, 60er und 70er Jahre!" Könnte man die schließen? Auf diese Weise entstand das Oldie-Trio Fred Frohberg,

Manfred Uhlig und Günter Frieß. Es war eine wunderbare schöpferische Zeit, ein gegenseitiges geben und nehmen.
Wie beliebt Fred noch beim Publikum war, konnte man erkennen, als Manfred Uhlig zu den Gästen sagte: „Sie werden sich sicher fragen, was die drei alten Schabracken noch auf der Bühne wollen? Nun, wir möchten ihnen nur beweisen, daß es uns noch gibt!" Stürmischer Beifall zeigte: Fred Frohberg war immer noch als Sänger und Mensch in den Herzen der Zuschauer. Die Erinnerung an ihn wird nie verblassen.

Maja Catrin Fritsche: Schon als Dreijährige von Fred Frohberg begeistert

Die Schlagersängerin begann ihre Karriere in Leipzig als Bandsängerin bei den „Robbys", später Musikstudium in Weimar, erfolgreich beim Festival „Goldener Rathausmann" in Dresden, bekannt durch zahlreiche Radio und TV-Sendungen und durch die Schallplatte.

Meine erste Begegnung mit Fred Frohberg war in meiner Kindheit als ich drei, vier Jahre alt war. Er kannte mich aber schon als Baby, weil er mit meinem Vater, mit Alfred Fritsche, schon lange vorher, in den 50er Jahren, gut bekannt war. Vater war Klarinettist und Saxophonist im von Erich Donnerhack geleiteten Unterhaltungsorchester Leipzig. Und da waren beide sehr oft zusammen in gemeinsamen Veranstaltungen auf der Bühne. Sie kannten sich natürlich auch privat, weil wir auch in Leipzig wohnten und sie sich gut miteinander verstanden.

Maja Catrin Fritsche.

Und wenn Vater in den Rundfunk ging, ein neues Arrangement abzugeben oder Noten für neu zu spielende Titel zu holen, bin ich oft mitgegangen. Und da trafen wir gelegentlich auch Fred und er hat dann mit mir, wie man das mit kleinen Kindern eben so macht, auch rumgealbert und gescherzt.

Und dann habe ich Ende der 70er bei den „Robbys" in Leipzig angefangen zu singen. Und bei den Tanzabenden, vor allem zur Messe, organisierte die KGD in Kulturhäusern verschiedene Programme. Und da waren natürlich die bekannten Leipziger Kollegen oft dabei, also auch Fred. Er war immer geschätzt wegen seiner Vielseitigkeit, konnte gut auf Stimmungen im Saal eingehen.

Von 1978 bis 1982 habe ich in Weimar an der Hochschule „Franz Liszt" studiert und in der Zeit wurde ich zum Festival „Goldener Rathausmann" in Dresden delegiert. Da war Fred Frohberg auch in der Jury und wir haben dort seine fachlichen Ratschläge sehr geschätzt. Ihm ging es nicht vordergründig um irgendwelche Preise oder Rangfolgen, sondern er wollte uns Tips geben, wie wir in dem schweren Metier bestehen können. Und er hatte ja wirklich viele, auch für uns sehr nützliche Erfahrungen zu vermitteln. Für uns junge Interpreten hatte er immer ein offenes Ohr.

Natürlich waren wir auch in den verschiedensten Sendungen zusammen auf der Bühne und vor der Kamera. Ich erinnere mich an eine Fahrt an die Küste mit seinem Mazda, da habe ich noch in Leipzig gewohnt, und ich mußte nicht mit meinem Trabbi die weite Fahrt allein machen. Wir waren verpflichtet in „Musik und Snacks vorm Hafen", da sang er natürlich seine beliebten Seemannslieder. Das war in meiner Anfangszeit, Anfang der 80er Jahre. Eine richtig große Sache war die Sendung „35 Jahre Schlagerrevue" mit Heinz Quermann im Leipziger „Haus der heiteren Muse", ein Treffen der älteren und jüngeren Kollegen.

Und im Komitee für Unterhaltungskunst haben wir uns oft in Berlin gesehen. Da gab es monatliche oder vierteljährige Treffen, die Sänger für sich und die Komponisten und die Rockmusiker und die Sprecher usw. Also Kontakte gab es vielfältige. Fred war immer ein Superkollege, den ich mochte und gut kannte, auch wegen der Erlebnisse aus der Kindheit. Ein lustiger Mensch, ich habe eigentlich nie erlebt, daß er mal schlecht gelaunt war oder ein Gesicht gezogen hat. Er war immer gut drauf!

Seine Frau Almut hatte ja in den 90er Jahren so eine kleine Agentur gegründet und Künstler vermittelt. Da hatten wir auch mehrfach

Kontakt. In den Jahren, wo die Auftritte ja weniger geworden waren, hat man auch aneinander gedacht. Wenn ich ein Programm hatte, habe ich ihn angerufen oder umgekehrt. Wir waren auch mal in den letzten Jahren beim ORB in der Rundfunksendung „Kaffeeklatsch" gemeinsam im Programm. Zwischendurch haben wir immer mal am Telefon miteinander geschwatzt, den Kontakt haben wir nie zueinander verloren.

Schade war es, daß ihm die Erfüllung seines Wunsches, in der MDR-Sendung „Wiedersehen macht Freude" aufzutreten, nicht mehr vergönnt war. Das war sehr hart für ihn damals, wegen seiner Krankheit absagen zu müssen. Aber man hätte auch schon viel eher an ihn denken müssen!

Dagmar Gelbke: Das Urgestein des DDR-Schlagers

Die geborene Leipzigerin arbeitet seit dem Musikstudium als Sängerin und ist mit eigenen Programmen unterwegs. Sie ist Autorin eines erfolgreichen Buches über die Lieblingsrezepte ostdeutscher Künstler.

Wenn es ein Urgestein des DDR-Schlagers gibt, dann ist es der stets bescheiden gebliebene, „olle" Fred. Fred Frohberg kannte mich schon als Kind, denn mein Vater schleppte mich tagaus, tagein auf den Schultern durch Leipzig, wenn er seine geschäftlichen Wege erledigte, wir waren ein stadtbekanntes Pärchen. Ich staune eigentlich, daß es keine Fotos aus jener Zeit gibt. Mein Vater, den ich von zu Hause als verschlossenen Charakter in Erinnerung habe, war im Kollegenkreis fröhlich und beliebt, und ich profitierte später von seinen Bekannten. Bis zum Ende der DDR kümmerte sich Fred Frohberg als Lehrbeauftragter an den Hochschulen für Musik in Leipzig und Dresden intensiv um die Nachwuchsförderung und -betreuung, und damals war er Chef der Bezirkskommission für Unterhaltungskunst in Leipzig, als ich mit 18 für den Berufsausweis vorsang. Vielleicht hat er auch meinem Papa zuliebe meinen Schritt in die Professionalität unterstützt.

Er und Helga Brauer, ebenfalls eine Sängerin der ersten Stunde, erkannten meine Besessenheit für die Bühne. Auch wenn mir der „Bonus einer gewissen unterkühlten Blässe", wie Fred es später freundlich formulierte, anhing, die beim damaligen DDR-Schlager wenig Aussicht auf Erfolg hatte, waren die beiden „alten Hasen" von meinem musikalischen Talent überzeugt. Andernfalls hätte

Dagmar Gelbke.

der ganze Prozeß von der Bandsängerin zur Solistin – und nach Berlin – bestimmt länger gedauert.

Wir lassen die Erinnerungen sein, dazu hätte ich zu Freds Stammtisch gehen müssen, wenn er sich mit Herbert Küttner, Manfred Uhlig und Fips Fleischer traf. Es war schön zu erleben, wie Fred Frohberg nach einer Phase im schwarzen Loch der berüchtigten Kaffeefahrten, als „Oldie" wieder gut im Geschäft mit der „Ostalgie" war – obwohl er beide Begriffe eigentlich ablehnte.

Als ich mit ihm sprach wegen eines Rezeptes für mein „Kochbuch", meinte er, daß alle Sachsen Eintöpfe mögen. Auch er könne sich wochenlang von Gräupchen oder grünen Bohnen ernähren. Und die sächsischen „Krautwickel" sind unser gemeinsames Lieblingsgericht, stellten wir fest. Außerdem war er ein leidenschaftlicher Kuchenesser, Whiskey- sowie Nordhäuser-Doppelkorn-Verkoster – aber kein Biertrinker.

Da ja die Idee, Prominente kochen zu lassen, nicht erst Bioleks Erfindung ist, hat Fred Frohberg im zu DDR-Zeiten noblen Falstaff-Restaurant am Leipziger Hauptbahnhof auch einmal kochen dürfen, was er sonst seiner Frau überlassen hat. Bei dieser Gelegenheit kreierte er eine „Swingende Fischsoljanka".

Fred Gigo: Durch dick und dünn

Der Motorsportspezialist war bekannt für seine legendären Reportagen von Rennen auf dem Sachsenring. Er wirkte als Conférencier und entwickelte Ideen für zahlreiche Unterhaltungsprogramme.

Ich versuche es kurz zu machen, weil ich sonst ein eigenes Buch über unsere Freundschaft schreiben müßte. Es ging los im trüben November 1947 im Bootshaus zu Merseburg. Ich war im „Steintor" in Halle zum zweiten Mal engagiert und durfte zwei junge Sänger vorstellen, die ihre Zulassung als beruflich tätige Künstler anstrebten. Zuerst die Dame: Erika Engelhardt-Hahn, dann der nur mit einer Gitarre arbeitende Manfred, später nur noch FRED Frohberg. Der war, wie ich, blessiert aus dem Krieg gekommen, mehr als ich mit meinen sieben Verwundungen, denn er hatte eine Beinprothese. Und das als Sänger für Tanzmusik und Jazz, was ihm vorschwebte. Es war, das klingt heute 2001 gefährlich, sofort „Liebe auf den ersten Blick", der Kerl mit seiner Stimme und seinem Gefühl (damals konnte man noch nicht das Wort „feeling") für swingende Musik. Beide erhielten das Prädikat „sehr gut". Wir haben uns sofort verstanden und auch in der Zeit, als er mit dem Tanzorchester Karl Walther, das damals neben Joe Dixie und Henkels der Inbegriff des aktuellen Swing war, arbeitete, haben wir immer Kontakt behalten. Dann kam Fred wieder nach Halle und Leipzig und war mit Irma Baltuttis, der unvergeßlichen Sängerin mit einer ins Herz gehenden Stimme, und mir lange bei vielen Konzerten unterwegs. Wir beide, er von Manfred auf FRED und ich von Hubert durch den Zirkusmann Cliff Aeros auch auf FRED umgetauft, waren die FREDS für Jahrzehnte. Zuerst bei jazzigen Konzerten mit dem Orchester Gustav Brom aus Brno, mit Aufnahmen in Prag für Supraphon und dann mit einer Tournee nach der anderen. „Ostseestrand außer Rand und Band", mit den „Capris", die die ersten mit einer elektronischen Orgel waren. Dann mit Gustav Brom, mit dem wir in

Westberlin in der „Eierschale" Kontakt mit dem Hot-Club-Berlin aufnahmen, und mit Jan Vesely (TB), Gustav Brom (Leader) und allen cool-jazzenden Musikanten, wie vor allem Ludek Hulan, dem kafkaisch denkenden und Baß spielenden Prager Musikus, eine wunderbare, unvergeßbare Zeit des Jazz, der damals in der gerade entstandenen DDR gar nicht beliebten Musikform. Wir wollten Jazz-Musik machen, ich hatte einen Freund, das war der Oberpfarrer Krause aus Meerane, der so beliebt war, daß er auch große Jazzkonzerte in den sächsischen und thüringischen Kirchen machen konnte, indem er in verschiedenen Kirchen eben „jugendliche Musikstunden" organisierte und wir in den Kirchen gejazzt haben. Hinter dem Altar ein Kasten Bier, eine Flasche „Klaren" und eine braunen „Wassers" Auch solche Leute, wie Hubert Katzenbeißer (heute Katzenbeier) und andere waren dabei.

Dann kam unsere Zeit der tollen Tourneeeinfälle: der erste Sputnik umkreiste die Erde, wir machten ein Programm, das in Halle im „Steintor" startete, und dann durch alle Bezirke der DDR ging: „Rhythmus, Raumton und Raketen". Wir im Raumanzug, Bärbel Wachholz als Lunella, die Tochter von Frau Luna, um die wir beide uns stritten. Natürlich gewann der Fred mit seinem „True love" das schöne Kind. Aber die Landung auf dem Mond war schon ein Effekt, den wir als Kulisse immer mitschleppen mußten. Wer sollte das damals anderes machen? Dann konnten wir nicht mehr auf dem Mond landen, weil die Amerikaner vor den Sowjet-

Mit Fred Gigo auf dem Weg zum Mond.

kosmonauten dort landeten, also ging es von da an auf den Traumstern. Aber das kam beim Publikum genauso an.

Na, und dann unsere Idee mit der Serie „Fliegen, Lachen, Freude machen!" Da waren wir in der ersten Fassung noch in Lufthansa-Uniformen, später als Interflugpiloten. Fred als Flugkapitän, ich als Flughafenchef und in Doppelrolle als Reporter, unser fliegender Stargast, zuerst Renée Franke, dann, nachdem die Mauer gebaut wurde, Liane Breeks, der ČSA-Flugkapitän Jiri Popper und, nach dem „Prager Frühling", Richard Adam. So wechselte das ab und zu mit der politischen Entwicklung.

Wir hatten eine Idee für das junge Fernsehen: „Freds Melodie" sollte das heißen. Ich schrieb das Drehbuch, wir sandten Tonbänder hin und her, es gab noch keine Handies oder E-Mails, aber das ging besser, als lange Briefe zu schreiben. Die Fernsehkieker wußten nicht, wo die Sendung bei irgendwelchen Leuten beginnen würde, man konnte es aus den Bildern des Vorspannes erkennen, der mehr als ein solcher war. „Ach das ist ja Erfurt, ach das ist ja meine Straße" – und dann hielt der Fernsehwagen und Fred stieg aus und stand vor dem Haus irgendeines Fernsehzuschauers. Rein und an der Tür klingeln. „Um Himmels willen, das ist ja Fred Frohberg!" Und dann ging die „Show", die damals noch nicht so hieß, los. Aber wir konnten die Reihe nach zwei Sendungen nicht mehr machen, weil das ja alles live war und man ja nicht wissen konnte, ob die Leute, die wir besuchten und in deren Wohnungen wir die Schau laufen ließen, mit den verschiedensten Gästen, „womöglich" gar keine vorzeigbaren SED-Staatsbürger waren.

Dann die Zeit der Tourneen in der ČSSR und Ungarn, und Fred Frohberg, mein Freund, auf den ich immer stolzer wurde, in einer Zeit, in der er in der DDR nicht mehr so angesehen war. Er war zwar Publikumsliebling Nr. 1 in Prag, Brno, Budapest und Szekesfehervar, dort gab es auch eine Langspielplatte nach der anderen, nur nicht bei uns zu Hause. Da war ein Künstlertreffen mit Professor Kurt Hager, Mitglied des Politbüros und der wichtigste Mann für Kultur. Ein paar Tage im Winter, da sagte mein Freund Fred mutig, wie er nicht immer war: „Herr Genosse Hager, ich friere hier in der DDR!" Und das hatte nichts mit den winterlichen Temperaturen in Woltersdorf bei Berlin zu tun!

Wir hatten manches mal anderthalb Stunden Programm mit dem Namen „Plaudertasche", nur zwei Mann, aber meistens nicht anderthalb Stunden, sondern zwei und mit Zugaben zweieinhalb. Ich hatte mit ihm dann auch eine kleine, ganz persönliche Schau. Ein Barhocker, ein Sänger und ich, hinter dem Scheinwerfer. Das hat uns beiden, schon etwas angejahrten Knaben immer, und auch den Gästen der Schau, Freude gemacht.

Na ja, dann kam die neue Kulturrichtung nach 1989. Ich hatte gerade noch bei der großen Kulturkonferenz im Frühjahr 1989 in Berlin die letzte von 25 Programmreden gehalten und am Ende gesagt: „Wir sind nicht abgehauen, wir haben hier gearbeitet und wir sind hier geblieben!"

Da fällt mir eine kleine Episode ein, über die Sie, liebe Leser, wahrscheinlich lächeln. Aber das war in der Zeit, als die leichte Musik noch nach 40 % West und 60 % Ost eingeordnet wurde und es auch so manches Lied gab, das man nicht hören wollte. Aue/Erzgebirge, Wismut-Kumpels in dem Kulturhaus der Bergarbeiter am Eröffnungstag. Orchester Fips Fleischer, Fred Frohberg, Fred Gigo. Nach dem obligaten „Zwei gute Freunde" war Schluß mit Zugaben. Die Kumpels trampelten. „Was wollt ihr denn noch hören?" fragte ich. Da schrien die den Titel von „Morgen" – „Könnt Ihr das?" Fred Frohberg zu Fips: „Geht das ohne Probe?" Fips zur Band: „Können wir improvisieren?" – „Ja!" Fred sang, Fips und sein Orchester spielte. Resultat: Die Leute von „Horch und guck" meldeten nach Berlin. Fred Frohberg 500 Mark und Fips 1.000 Mark Buße und Abmahnung vom Ministerium für Kultur.

Das war's! Danke, mein Fred für über vierzig Jahre Freundschaft, auch auf der Bühne!

Lutz Jahoda: Ein „geteiltes" Mikrofon

Lutz Jahoda.

Der „gelernte" Operettenbuffo war später erfolgreich als Sänger und Texter humorvoller Schlagertitel. Er moderierte u. a. die beliebten TV-Sendungen „Mit Lutz und Liebe", „Spiel mir eine alte Melodie" und „Wunschbriefkasten".

Mit Fred Frohberg hatte ich wenig zu tun. Wir waren Einzelkämpfer. Und er war der erste unter den ostdeutschen Rundfunkstars in Leipzig. Kurz nach ihm kamen noch Brigitte Rabald, Irma Baltuttis und Armin Kämpf, der spätere Mann von Bärbel Wachholz. Ich hätte Fred wahrscheinlich nie kennengelernt, wäre ich nicht im Sommer 1955 zu einer der Mikrofonproben gegangen, die Musikdirektor Erich Donnerhack, Leiter des Rundfunk-Unterhaltungsorchesters Leipzig, auf der Suche nach neuen Stimmen zweimal im Jahr ansetzte. Zu jener Zeit war ich bereits neun Jahre als Schauspieler und Operettenbuffo an verschiedenen Bühnen engagiert gewesen und sang die Buffopartie im „Graf von Luxemburg" im Operettenhaus am Lindenauer Markt zu Leipzig. Einige Monate hörte ich nichts, aber noch im selben Jahr rief mich Erich Donnerhack an, um zu erfragen, ob ich für Fred Frohberg, der leider erkrankt sei, einspringen könnte. Ich konnte. Es war ein Konzert in der Kongreßhalle Leipzig. Der Sender Leipzig übertrug die Veranstaltung live, und ich hatte eine gute Publikumsresonanz.

Von diesem Tag an ging es über die lokale Bekanntheit hinaus aufwärts, wenn auch langsam, und eines Tages standen Fred und ich gemeinsam vor der Fernsehkamera des Deutschen Fernsehfunks und warfen uns gegenseitig unsere Chancen bei den jungen Damen an den Kopf. Musikalisch natürlich. Fred sang: „Du hast Glück bei Frau'n …", und ich antwortete: „Du kannst dich beklagen …" Es war ein munteres Hin und Her. Ich hatte den Text geschrieben, Alo Koll die Musik komponiert. Der Titel swingte. Es war die Zeit der großen Rundfunkerfolge. Jeder auf seiner Spezialstrecke, die unterschiedlicher nicht sein konnte. Dennoch fanden wir uns ab und an zusammen. Dann allerdings paßte ich mich seinem Gesangsstil an. Eine der seltenen gemeinsamen Veranstaltungen ist mir besonders lebendig in Erinnerung geblieben. Der Rundfunk war nicht mit von der Partie, und das Orchester hatte aus Engpaßgründen nur ein einziges Mikrofon, das wir uns auch noch mit dem Saxophonisten teilen mußten. Also stand das Mikrofon ziemlich tief: Die Solostellen des Saxophonisten hatten offenbar Vorrang. Und so waren Fred und ich gezwungen, uns beim Singen mit krummem Buckel dem Mikrofon entgegenzubeugen, so daß wir aussahen, als wollten wir Quasimodo, dem Glöckner von Notre-Dame, Konkurrenz machen. Freds Erfolgstitel „Zwei gute Freunde" hatte ich auch irgendwann einmal mit ihm gesungen. Zwei Texte schrieb ich für ihn, die Alo Koll vertonte.

Nach der Wende standen wir noch einmal nebeneinander auf der Bühne. Es war eine Seniorenveranstaltung, die uns begreiflich zu machen versuchte, daß auch wir gealtert waren. Wir weigerten uns, das anzuerkennen. Zweimal insgesamt war ich für Fred Frohberg eingesprungen: einmal, als wir noch jung waren; das zweite Mal kurz vor Freds Tod. Das Leben ist zuweilen wie eine Inszenierung. Nur sollten die Rollen gerechter verteilt sein und die Stücke nicht so kurz.

Siegfried Jordan: Meine kleinen Erlebnisse mit Fred Frohberg

Siegfried Jordan war in den 50er Jahren Sänger, Musiker, Komponist und Orchesterleiter, später lange Jahre Musikredakteur bei Rundfunk und Fernsehen, u. a. der „Schlagerrevue" von Radio DDR. Heute gestaltet er für den WDR-Hörfunk Sendungen über Ostschlager der 50er und 60er Jahre.

Fred kenne ich seit jener Zeit, als bei einem Regionalsender seine erste Aufnahme lief, er sang allein zur Gitarre „Hinterm Stein am Anger". Von dem Tag an hatte ich den Wunsch, ihn näher kennenzulernen.

Viele Jahre am „Steuerpult" der Schlagerrevue. Siegfried Jordan und Heinz Quermann.

Anfang der 50er Jahre übernachtete ich nach einem Gastspiel meines Orchesters zusammen mit einer Solistin in einem Hotel in Hohenstein-Ernstthal. An der Rezeption erfuhren wir, daß auch Fred mit dem damals sehr populären Orchester Karl Walter dort wohnte. Da auch meine Gesangspartnerin ein großer Fan von Fred war, hefteten wir einen Zettel mit einem Gruß und unserer Zimmernummer an seine Tür. Nachts gegen 2 Uhr klopfte er dann an unsere Tür, er setzte sich aufs Bett und wir erzählten noch sehr lange miteinander. Als ich dann bei Karl Walter seine Nachfolge als Sänger antrat, freute er sich sehr darüber. Als im September 1953 zum ersten Mal im Radio die „Schlagerrevue" erklang, hörte ich natürlich zu und war am Ende der Sendung hocherfreut, als mein Titel „Weil ich dich so lieb hab", den ich für ihn und Irma Baltuttis als Duettnummer geschrieben hatte, die Spitzenposition auf Platz 1

belegte. Ich habe dann für Fred noch einige weitere Kompositionen geschrieben, u. a. „Sterne hoch am Himmel", dieser Titel errang beim „Internationalen Liederfestival 1966" den Grand Prix.
Im Jahre 1954 vertrat ich ihn bei einigen Gastspielen mit dem Rundfunktanzorchester Leipzig unter Kurt Henkels, ich betrachtete es als eine große Ehre, ihn bei dieser Weltklasse-Band vertreten zu dürfen. Mir war damals verständlicherweise etwas mulmig zumute, aber Fred klopfte mir auf die Schulter und sagte: „Denk immer dran, was für eine Spitzenband du hinter dir hast und dann schaffst du das schon!"
Als Redakteur bei Radio und Fernsehen hatte ich mit Fred oft zu tun, ich setzte ihn oft und gern ein und bemühte mich, ihn auch in die großen Fernseh-Shows zu bekommen. Unsere letzte Zusammenarbeit in dieser Hinsicht war im September 1988 die Jubiläumssendung „35 Jahre Schlagerrevue" in Leipzig. Titel, die ich für ihn und andere geschrieben hatte, schickte ich vorher immer an die vorgesehenen Interpreten, weil ich wollte, daß sie ihre Meinung äußerten.
Ich glaube, über die Professionalität von Fred viel zu sagen, hieße die berühmten Eulen nach Athen zu tragen. In dieser Hinsicht war er Spitze, ebenso was seinen Umgang mit Kollegen und dem Publikum betraf. Von ihm ging eine Herzlichkeit und Wärme aus, die man sonst gerade bei Prominenten äußerst selten hat, er war, wie man es auch salopp bezeichnen kann, ein richtiger „Kumpeltyp" im Gegensatz zu manch anderen arroganten sogenannten Auch-Künstlern. In den Sendungen, die ich jetzt für den WDR Köln mache, setze ich Freds Lieder nach wie vor gern ein.
Ich war von seinen allerersten Anfängen bis zuletzt ein großer Fan von ihm und weiß, daß ich da viele Gleichgesinnte habe!

Ingrid Kaiser: Wirklich „Zwei gute Freunde"

Ingrid Kaiser, durch eine mißglückte Operation in der Kindheit behindert und an den Rollstuhl gefesselt, ist seit 1962 einer der treuesten Fans von Fred Frohberg.

„Ach – Ingrid – mein Herz ist so voll,
ich kann's gar nicht schildern –
es würde ein Buch."
(Aus einem Brief Fred Frohbergs vom 5.9.1980)

Schon einmal sollte ein Buch von und über Fred Frohberg entstehen, geschrieben von ihm, Künstlerkollegen und Freunden. Papiermangel vereitelte damals das Vorhaben.
Nun wurde ich ein zweites Mal aufgefordert, beizutragen, um Freds Außergewöhnlichkeit hervorzuheben. Im Bewußtsein seines Todes kann ich nicht mehr ungetrübt die Freude ausdrücken, die mir Fred über drei Jahrzehnte schenkte. Das Gefühl der Dankbarkeit aber, daß ich einen so populären und besonders warmherzigen Menschen Freund nennen durfte, bleibt.
Als Rollstuhlfahrerin beschränkt sich Kultur für mich fast ausschließlich auf Rundfunk, Fernsehen, Bücher, und nur selten habe ich Kontakt nach draußen. Meine Autogrammbitte 1962 beantwortete Fred umgehend mit Bild und einem Brief, der eigentlich sein Lebensmotto enthält. Deshalb gebe ich ihn hier vollständig wieder.

„Leipzig, 14.9.62

Liebe Ingrid!
Ganz herzlichen Dank für Ihren lieben Brief. Es freut mich sehr, daß Sie ausgerechnet mich so gern singen hören. Ich freue mich besonders über Ihre Zeilen, denn bei den unzähligen Briefen die mir

täglich ins Haus flattern, ist selten ein netter, lieber Gruß dabei. Alle wollen nur Autogramme!

Für mich ist es doch sehr wichtig zu erfahren, wie man draußen ankommt – ob es mir gelingt, etwas Sonne in so manches Herz zu bringen. Aus diesem Grunde muß ich mich nochmals bei Ihnen bedanken und ich werde Ihren Bildwunsch gern erfüllen.

Seien Sie ganz lieb von mir gegrüßt und wenn es Ihnen Freude macht, schreiben Sie mir ruhig wieder! Wenn ich Zeit habe, hören Sie dann von mir!

Alles gute, auch für Ihre Eltern,

Ihr Fred Frohberg"

Ich hörte wahrhaftig erneut von ihm, und am 12. März 1963 kam es zum ersten Besuch bei mir, ein unvergeßliches Erlebnis für mich und meine Mutter. Es fand noch unter dem Aspekt großer Star und kleiner Fan statt. Unerwartet stand er vor mir. Über meine damalige Aufregung haben wir später manches mal gelacht, auch, als ich ihm von seiner Wirkung auf mein Schuhwerk erzählte. Mich irritierten damals angesichts des prominenten Gastes meine bequemen, giftgrünen „Babuschen" so sehr, daß ich bis heute keine Hausschuhe mehr trage.

Wir wurden in den Jahrzehnten des Briefewechselns, der Telefonate, der kleinen Geschenke und der persönlichen Begegnungen zwei gute Freunde. Bei einem der vielen Besuche in Meißen entstand ein technisch bescheidenes Foto (am 12. Juni 1966), das aber schon Freds Fähigkeit zeigt, trotz seines schillernden

Im Juni 1966 mit Ingrid Kayser.

Berufes ein ganz normaler, liebenswerter Privatmensch zu sein. Auch als ich nach Coswig zog, änderte sich an unserer Verbundenheit nichts, und es verging kein „Kleiner Rathausmann" in Dresden, dem er ca. ein Jahrzehnt als Juror angehörte, ohne daß er einen Abstecher zu mir ermöglichte. „... das Kleine Festival soll ja für mich zur ständigen Einrichtung werden, so daß doch wenigstens einmal im Jahr im September Besuch willkommen ist", schrieb Fred in einem Brief an mich.
1996 stellte er in einem weiteren Brief fest:

„Meine liebe Ingrid!
Zum Geburtstag meine herzlichsten Glückwünsche! Über die vielen Jahre unseres Kennens sind wir immer verbunden geblieben, auch wenn die Zeiten nun kälter und härter geworden sind – und so soll es auch weiterhin bleiben!"

Im November 1997 klang sein Geburtstagsgruß wie immer hoffnungsvoll:

„Meine liebe Ingrid!
Unsere herzlichsten Glückwünsche zu Deinem Geburtstag sind eingebunden in einen großen, bunten Strauß voller Gesundheit (in Deinem Falle – im weitesten Sinne gemeint!), damit wir noch sehr lange die alte, liebe Freundschaft erhalten können!!"

Und im November 1998 schrieb er mir:

„Liebe Ingrid!
Zu Deinem Geburtstag übermittle ich Dir die herzlichsten Glückwünsche. Es soll Dir so gut wie möglich ergehen, vor allem mit der Gesundheit! Du hast es immer geschafft, durch Deine vielen Interessen und Aktivitäten aus Deinem nicht ganz leichten Leben das Optimale zu machen, was ich immer an Dir bewunderte!

Unter diesem Aspekt ist auch unsere langjährige Freundschaft erhalten geblieben, egal, was auch passierte! So soll es auch für die Zukunft bleiben."

Es klingt fast wie ein Vermächtnis, das nur einer zerstören konnte – der Tod.
Eigentlich kommt dieses Buch zu spät. Seiner emotionalen Schreibweise müssen nun die, die ihn über sein Ableben hinaus im Herzen tragen, ihre Erinnerungen anfügen. Ich freue mich, dazuzugehören und wünsche dem gedruckten Versuch, Fred Frohberg noch lange im Gedächtnis zu behalten, recht viel Resonanz."

Günther Krause: Als Stargast immer eine sichere Bank

Günther Krause.

Der Schauspieler, engagiert an verschiedenen Bühnen der DDR, ist seit 1953 äußerst erfolgreich als Conférencier in Rundfunk und Fernsehen sowie bei zahlreichen Tourneeprogrammen quer durch das Land tätig und als der Mann spitzer Pointen und mit dem „schnellsten Mundwerk" bekannt.

Mit Fred habe ich schon 1946 in Erfurt am Konservatorium studiert, da hatten wir aber nichts miteinander zu tun. Das haben wir erst viel, viel später in gemütlicher Runde mal festgestellt. Richtig kennengelernt und gemeinsam auf der Bühne gestanden haben wir dann erst in den 70er Jahren. Er war dann oft in meinen Programmen als gewünschter Stargast dabei, auch in dem lange Jahre erfolgreichen Tourneeprogramm „Eine Sause mit Günthi Krause". Dazu gehörten eine kleine Combo, einige artistische Nummern und wechselnde Interpreten. Und natürlich viel, viel Humor, für den ich weitgehend zu sorgen hatte. Die jeweiligen Konzert- und Gastspieldirektionen wollten dann natürlich gern eine besondere „Zugnummer". Und da fiel natürlich oft der Name Fred Frohberg, weil er mit seiner Vielseitigkeit auch sehr gut in das Konzept paßte. Die Leute mochten ihn, weil er gut singen konnte und seine Art mit dem Publikum zu plaudern, gut ankam. Ihn zu bekommen, war allerdings nicht leicht, weil er sehr gefragt war. Da wir uns aber damals recht gut kannten und gut miteinander klar kamen, ist es mir oft gelungen, ihn ins Programm zu holen.

Bei den Reisen kreuz und quer durch das Land haben wir einen unwahrscheinlich engen Kontakt miteinander gehabt, vor allem auch, weil er so ein lustiger Mensch war. Es ist ja kein Geheimnis, daß wir Unterhaltungskünstler nach dem Programm im Hotel zusammengesessen und noch einen kleinen gesüffelt haben. Unser Ensemble war auch eine dufte Truppe. Und dabei hat Fred immer einen tollen Spaß gemacht. Er und ich, wir haben uns gegenseitig aufgezogen, wenn man mal eine Bekanntschaft gemacht hat. Und dann hat er erzählt, wie es war und ich habe versucht ihn zu übertrumpfen und das ging hin und her. Natürlich haben wir auch die Kollegen aufgezogen, die lange brauchten, bis sie merkten: Die beiden Kerle übertreiben mal wieder. Am Ende war nicht mehr als ein kleiner Flirt.

Unser letzter gemeinsamer Auftritt war in Löbnitz bei einer Weihnachtsfeier für Senioren im Dezember 1997. Da war ich richtiggehend begeistert über ihn. Wir hatten uns längere Zeit nicht gesehen. Und es war toll, wie großartig er diese älteren Menschen gepackt hat. Nicht nur mit seinem Gesang, sondern auch seinen sehr netten Zwischenbemerkungen. Dazu kam dann ich und wir haben ein kleines Gespräch gemacht, wie es uns denn so gehen würde, ganz locker über seine und meine Arbeit gesprochen. Da war auch schon seine zweite Frau Almut mit dabei.

Als ich die Nachricht bekam, daß Fred gestorben war, war es natürlich für mich eine Ehrenpflicht, an seinem Grab von ihm Abschied zu nehmen. Obwohl mir das sehr schwer fiel, auf den Friedhof zu gehen, weil ich im gleichen Jahr auch meine Frau verloren habe. Trotzdem habe ich mir das nicht nehmen lassen.

Herbert Küttner: Späte Freundschaft

Der Sportjournalist und Moderator präsentierte beliebte Radio-Unterhaltungssendungen wie „Angekreuzt und unterstrichen" und das „Schlagermagazin" des Berliner Rundfunks.

Fred und ich haben jahrzehntelang – drei Häuser weiter – nebeneinander gewohnt. Gesehen haben wir uns aber meist nicht zu Hause, sondern unterwegs, wenn er auf Tournee war, auf Festivals, über die ich für den Rundfunk berichtete. Da haben wir nicht nur festgestellt, daß wir nebeneinander wohnen, sondern daß wir uns privat mal treffen sollten. Daß es nicht klappte, war unseren Berufen geschuldet. Jeder hatte seine Arbeit, die sich – erstaunlicherweise nun wieder die Parallelität – vor allem über das Wochenende erstreckte. Freitag, Samstag, Sonntag waren in beiden Berufen – im Beruf des Sportjournalisten und des Sängers – die Haupttage der Arbeit. Öf-

Mit Herbert Küttner (September 1992).

ter persönlich gesehen, näher kennengelernt und zu Freunden geworden sind wir dann in der Zeit, als wir beide das Berufliche etwas vernachlässigt haben.

Fred gehörte zu den Solisten, die eine solide gesangliche Ausbildung hatten. Und er war ein Vorbild, auf Grund seiner Zuverlässigkeit, Pünktlichkeit und der Souveränität, mit der er sein Metier beherrschte. Er war für mich, und das war er bis zu seinem Lebensende, der „Grandseigneur" der DDR-Schlagerszene. Bedingt durch seine Kriegsverletzung konnte er nicht auf der Bühne herumspringen, und er wollte das auch nicht. Er strahlte immer eine Ruhe aus, die seine Persönlichkeit unterstrich, die des souveränen Gestalters seiner Lieder.

Er begeisterte sich für Autos. Er hatte einen guten Freund, der ihn auch beriet und mit dem er stundenlang über Autos sprechen konnte. Bei mir mußte das Auto fahren und mich an den Ort bringen, wo ich hinwollte. Seine Autos mußten irgendeinen Schnickschnack haben. Da konnte er sich mit seinem Freund Wolfgang Schönlebe, das war auch sein Arzt, der ihn jahrzehntelang betreut hat, gut austauschen. Am Anfang hatte er einen alten „Borgward", da wußte ich nur, wie man das schreibt – dann fuhr er einen „Wolga" wenn ich mich recht erinnere, der ihm sehr geholfen hat. Dann gab es Gebrauchtwagen – so über Handelskontore – da war er sehr interessiert, einen Wagen zu haben, der ihn mit leisem Innenraumgeräusch ans Ziel brachte. Wenn wir mit dem Auto unterwegs waren, mußten wir, wenn wir angekommen waren, arbeiten. Und da wollten wir nicht noch das Motorengeräusch in den Ohren haben. Also er legte Wert auf einen Wagen, der einen leise ans Ziel brachte.

Wie Fred mit seinem Ensemble die verschiedensten Lieder gestaltete, war ein Hochgenuß. Das war sehr, sehr schwierig und bedingte natürlich, neben der mimischen Gestaltung, auch eine Stimme – na wir sagten dazu „Röhre" – die das glaubhaft werden ließ, was vom Lied ausgedrückt werden sollte. Das war auch der Qualität seiner Lieder geschuldet, daß er sich die Aufgabe stellte, den Satzgesang zu pflegen. Und das erforderte eine gute musikalische, musikantische Ausbildung. Da war er seinen Ensemblekollegen Vorbild, ebenso wie beim „Kleinen Rathausmann" in Dresden, wo er als der Gestandene, als Mitglied der Jury, die jungen Leute – wie das damals üblich war – beriet. Da war er eben ein glaubwürdiger Vertreter des Genres. Was er sagte stimmte und wurde akzeptiert, denn es waren jahrzehntelange Erfahrungen, die er vermittelte. Nicht nur die Stimme allein, nein Übung, eiserne Disziplin und harte Arbeit auch an jenen Liedern, die man schlechthin Schlager nannte, bringen den Erfolg. Davon war er überzeugt und er lebte es vor. Und er war glaubhaft, gleichermaßen als Dozent und Berater, als Freund und Kollege der jungen Menschen.

In der Zeit als Fred krank war, mußten wir nach der Operation warten, bis wir ihn besuchen konnten. Unser Freund, der Manfred Uhlig, und ich sind dann zu ihm gegangen. Wir drei haben uns in den letzten Jahren regelmäßig einmal in der Woche getroffen – das war immer der „heilige" Dienstagvormittag. Und da haben wir erzählt, was wir gemacht und erlebt haben. Der eine hat den Kollegen wieder getroffen und der andere jenen, wir wußten also ein bissel Bescheid. Wir sind ins Krankenhaus gegangen und haben ihn zu Hause besucht. Und er war so optimistisch, es zu packen und auch die geplanten Veranstaltungstermine einzuhalten. Aber es ging nicht mehr, er mußte es schweren Herzens auch selbst einsehen. Was kann man da machen? Durch die Anwesenheit bekunden, wir sind da, Junge, du schaffst es, Mut machen. Und er hatte auch den eisernen Willen, aber leider war die Krankheit schlimmer, als wir befürchtet hatten.

Martina Mai: „Frobsi" – unser Gesangslehrer

Nach dem Studium an der Dresdner Musikhochschule (1975–1979) und dem Sieg beim Nachwuchswettbewerb „Goldener Rathausmann" 1980 in Dresden, trat Martina Mai in zahlreichen Rundfunk- und TV-Produktionen auf. Seit 1993 ist sie mit eigenen Programmen unterschiedlicher Genres unterwegs.

September 1977. Mein 3. Studienjahr beginnt. Ein neues Fach steht auf dem Stundenplan, neu für die gesamte Schule: Satzgesang! Besonders interessant der neue Lehrer: Fred Frohberg! Toll, daß wir den „alten Hasen" kennenlernen werden. Und schon versammeln sich Tanz- und Unterhaltungssänger aller Studienjahre neugierig zur ersten Stunde in der Aula. Die Tür wird kräftig aufgestoßen. Herein tritt ein fröhlich strahlender Lockenkopf, der ein Bein etwas nachzieht. Energiegeladen erstürmt er das Podium, wirft seine Notentasche auf den Flügel, dreht sich mit einem Schwung

Martina Mai.

herum und begrüßt uns überglücklich als sein neues Team. „Mein Ensemble gibt's nicht mehr, aber jetzt hab ich ja euch!"
Wir erfahren im Laufe der nächsten Wochen von seiner Kriegsverletzung, von der Zeit im Lazarett, der geschenkten Gitarre, wie er die alten amerikanischen Folksongs lernte und seine Vorliebe für Gospels und Spirituals entdeckte. Am liebsten hätte er ja nur diese

Lieder gesungen, aber die DDR wünschte keine „Veramerikanisierung" ihrer Kultur. Dennoch studiert er mit uns in den kommenden Monaten eine Menge Gospels ein. Er übt mit Engelsgeduld und unendlich viel Elan die mehrstimmigen Sätze selbst mit den untalentiertesten Mitgliedern der hochschulischen Sängergilde. Und davon gibt es genügend. Neben Stimme und musikalischer Vorbildung zählt hauptsächlich die Herkunft. Soundso viel Prozent Arbeiterkinder müssen um jeden Preis studieren. Nur aus dem Grunde kann ich die Aufnahme einer Kommilitonin verstehen. Ihr Gesang ist selbst für härteste Gemüter eine schwere Geduldsprobe. Eine Sirene des Schreckens, die allenfalls ein dümmliches Schlagerchen trällern kann. Blaß und blond, einen ganzen Tuschkasten im Gesicht und zum Platzen gefüllt mit Selbstbewußtsein, stellt sie selbst den erfahrensten Gesangspädagogen vor eine unlösbare Aufgabe. Also tut man das einfachste: Man übereignet dem „Neuen" den schweren Fall. Mal sehen, wie er sich anstellt. Unseren Frobsi (wie wir Studenten ihn liebevoll nennen) haut das erstaunlicherweise nicht vom Hocker. Er legt all seinen Soul voll ins Zeug und hämmert ihr mit in einer in alle Ewigkeit geheim bleibenden Zauberformel einen Janis-Joplin-Song ins Röhrchen, den man sich sogar anhören kann. Blaß vor Neid bestaunen die Kollegen das Ergebnis bei einem schulischen Vorsingen. Und das hat der werte Herr Frohberg ohne einen pädagogischen Abschluß geschafft!!! Nur ein einziges Studienjahr kann ich die Unterrichtsstunden mit Fred Frohberg genießen. Er holt ungeahnte Töne aus unseren sonst so verklemmten Kehlen. Die Sätze werden immer besser, es macht riesig Spaß.
Ein Tag in diesen Monaten hat sich besonders in meine Erinnerung eingeprägt. Frobsi erklärt uns in einem seiner Plauder-Momente die Aufgaben der Konzert- und Gastspieldirektionen. Wir sind nicht seiner Meinung und finden diese Institutionen sogar völlig überflüssig. Die Künstler kümmern sich um Termine, machen die ganze Drecksarbeit und die KGD sahnt nur ab. Er hat natürlich ganz andere Erfahrungen, durch seine Bekanntheit ist er ein gutes „Zug-

pferd" für die KGDs. Ihn regt die Diskussion so sehr auf, daß er plötzlich seine sieben Sachen packt, noch irgend etwas brüllt und türknallend die Aula verläßt.

Der Vorfall macht die Runde in der Hochschule. Der Fachrichtungs- und der Abteilungsleiter suchen sowieso nach wunden Punkten, um den unbequemen Kollegen mit den freiheitlichen Methoden schnellstens wieder loszuwerden. Herr Frohberg tritt zur nächsten Stunde mit seinem unwiderstehlich charmanten Lächeln in unsere Mitte: „Wir haben uns die Meinung gesagt und nun geht's weiter!" Ich habe daraus gelernt, daß ein ehrlicher Mensch seine Gefühle nicht versteckt, bei ihm weiß ich, woran ich bin. Uns so höre ich heute noch 1000mal lieber: „Du bist ein krummer Hund", als daß ich die Wahrheit über dritte oder erst nach Wochen erfahre. Die Menschen, denen ich die Meinung unverblümt sagen kann und die selbiges auch mit mir tun, gehören zu meinem geschätzten Freundeskreis. Fred Frohberg hat nach nur einem Jahr auf Bitten des Abteilungsleiters die Segel an der Hochschule gestrichen.

Gert Natschinski: Schon wieder so eine ...

Der Orchesterleiter und Komponist vieler erfolgreicher Schlager, u. a. für Bärbel Wachholz und Fred Frohberg, schuf mit „Mein Freund Bunburry" eines der erfolgreichsten deutschen Musicals, das an vielen Theatern des In- und Auslandes gespielt wird.

Wir hatten uns zwar schon in meiner Leipziger Zeit, so um 1950 herum, kennengelernt, als ich mit meinem Unterhaltungsorchester beim Mitteldeutschen Rundfunk produzierte und Fred bei Henkels sang. Ab 1952/53 trat er dann hin und wieder in Konzerten des „GTUO" auf, des Großen Tanz- und Unterhaltungsorchesters des Berliner Rundfunks, das ich dann leitete.

So richtig intensiv wurde unsere Zusammenarbeit aber erst an Mitte der 50er Jahre, bei den Produktionen bei AMIGA. Dort entstanden Lieder, wie „Die Sterne der Heimat", „Über das weite, weite Meer", „Einer wird bei Dir bleiben", „Vergiß die Heimat nicht" und natürlich „Zwei gute Freunde".

Gert Natschinski.

Lieder, die ihren bleibenden Erfolg Freds unverkennbarer Stimme, seinem intensiven und doch immer natürlichen Vortrag verdanken. Seine Freunde wissen, daß er am liebsten Jazziges und Shanties sang. Kein Wunder, daß er mir vor der Aufnahme von „Zwei gute Freunde" vorwurfsvoll sagte. „... schon wieder so 'ne Scheißschnulze."
Mein lieber Fred im Musikantenhimmel droben – entschuldige, Junge, daß Du diese Schnulzen bis ans Lebensende nicht mehr losgeworden bist, weil Dein Publikum sie immer wieder hören wollte. Ich danke Dir. Bye-bye!

Dr. Heinz Niedermann: Die Brieftaube am Sommerbungalow

Der Mediziner war langjähriger „Sommernachbar" und Freund am Süßen See bei Eisleben, viele Jahre Chefarzt der Chirurgischen Abteilung und Ärztlicher Direktor des Kreiskrankenhaus Eisleben. Sein Hobby ist die Ölmalerei.

In dem herrlichen Frühling dieses Jahres 2001, kurz nachdem die Saison in unseren Sommerbungalows am Süßen See begann, landete zwischen unserem Grundstück und Frohbergs Sommerhaus eine Brieftaube. Nun ist das nicht ungewöhnlich, wenn eine Brieftaube nach langem Flug irgendwo zwischenlandet, um sich auszuruhen. Ungewöhnlich für uns war es allerdings, daß diese Taube drei Wochen lang majestätisch auf der Wiese um das Haus von Fred herumstolzierte. Selbst die drei Katzen des anderen Nachbarn vermochten sie nicht zu verjagen. Sie flog, wenn die Katzen sich anschlichen, flugs auf das Dach von Freds Bungalow. Kann man es Katzen verübeln, wenn sie sich eine Taube in ihrem Revier aufs Korn nehmen? Nein, Katzen bestimmt nicht! Die Taube aber harrte aus. Einmal kamen drei andere Brieftauben und holten sie ab, wie wir dachten. Aber, am nächsten Tag stolzierte sie wieder um das Haus von Fred! Da kommt man auf sonderbare Gedanken, selbst als naturwissenschaftlich ausgerichteter Mensch, der zu transzendentem Gedankengut nur einen begrenzten Zugang hat. Meine Tochter sprach es aus: „Die Taube ist die Reinkarnation von Fred." Hatte sie damit den Nagel

In gemütlicher Runde: am „Süßen See" mit Dr. Niedermann (1.v.l.).

auf den Kopf getroffen? Man kann darüber reflektieren, wie man will. Fred war eine Taube, kein Falke. Für uns, seine Sommerhausnachbarn, war er ein herzensguter Dutzfreund, ein lieber und liebenswerter Mensch. Unvorstellbar, daß er einem anderen etwas Böses angetan haben könnte. Und wenn er jemals einem anderen Mensch ein Leid zugefügt haben sollte, dann hat es derjenige geduldet und toleriert.
Nicht nur die Begebenheit mit der Taube war eigenartig. Auch die Tatsache, daß seine beiden Frauen den Namen Almut trugen, war sonderbar. Ich kannte diesen Vornamen Almut früher gar nicht. Erst als ich seine erste Frau kennenlernte, wurde mir dieser Vorname bekannt. Sie umsorgte ihn vorbildlich und beide verbrachten die Sommermonate am Süßen See in Harmonie. Ihr Tod hat ihn sehr getroffen. Wir waren erstaunt, als er uns nach einiger Zeit seine neue Lebensgefährtin, wieder mit dem Namen Almut, vorstellte. Er lebte wieder auf, und sein geliebtes Refugium am Süßen See ließ ihn wieder als glücklichen Mann erkennen. Freds Leben war nicht immer Glanz und Glamour. In einer besinnlichen Stunde erzählte er mir, wie er im Frühjahr 1945 auf dem „Felde der Ehre" in dem grauenvollen Weltkrieg ein Bein verlor. Nur der stundenlange Zuspruch eines ebenso jungen Feldarztes bewahrte ihn in der Nacht vor der Amputation davor, die Pistole, die unter seinem Kopfkissen lag, zu benutzen, um sein Leben zu beenden. Man kann nur den Hut davor ziehen, welche erstaunliche Karriere er dann noch gemacht hat. Und das in diesem Metier, das meist von Äußerlichkeiten geprägt wird.
Wenn wir an lauen Sommerabenden in gutnachbarlicher Vertrautheit unsere traditionellen kleinen Feste feierten, nahm er manchmal seine Gitarre zur Hand, und wir sangen gemeinsam seine bekannten Lieder. Dann war er in seinem Element. Er nahm sich dabei immer zurück, Ausdruck seiner vorhandenen Bescheidenheit. Eine Unterhaltung mit ihm war nicht nur interessant, es war auch immer eine Bereicherung. Er hatte ein erstaunliches Allgemeinwissen. Beeindruckt war ich über seine ornithologischen Kenntnisse. Ja, man kann mit gutem Gewissen sagen, er war ein Hobby-Ornithologe. Wenn wir oft zusammen

auf unseren nur 10 m entfernten Stegen am See plauderten, dozierte er im besten Sinne des Wortes über die um uns sich tummelnden Enten und Rallen mit ihren gerade geschlüpften Kücken.

Aber auch zu politischen Themen hatte er eine dezidierte Meinung und für mich besonders interessant und anregend, auch ein fundiertes Wissen über darstellende Kunst. Wir hatten in dieser Hinsicht offenbar die gleichen Antennen, wir kamen uns immer näher. Es war daher für mich eine Freude, ihm und seiner geliebten Almut zur Hochzeit ein selbst gemaltes Bild von seinem Bungalow zu schenken, was ihm sehr gefiel, wie er mir einige Male versicherte. Sein Haus am See war für ihn nicht nur ein Ort der Besinnung und Ruhe, wo er sich von seiner stressigen Tätigkeit zurückziehen konnte. Nein, es war auch ein Ort körperlicher Aktivität. Er konnte stundenlang schwimmen, und das auch bei zunehmendem Alter.

Auch an einem schlimmen Tag in seinem Leben war er lange im Wasser gewesen. Am späten Abend wurde ich plötzlich von seiner Frau zu ihm gerufen. Sie war sehr aufgeregt, Eile war geboten. Es waren nur ein paar Schritte zu ihm, wo er auf einem Sofa bewußtlos lag. Prima vista war es eine absolut bedrohliche Situation. Er erholte sich aber wieder. Im Krankenhaus wurde die verhängnisvolle Diagnose bestätigt: Er mußte operiert werden wegen einer ernsten Erkrankung. Damals klang seine Stimme am Telefon immer optimistisch. Von seinem für uns doch plötzlichen Tod waren wir, seine Sommernachbarn, tief betroffen. Ich hätte mir gewünscht, er könnte sich das Bild von seinem Sommerhaus, das ihm so gefiel, noch manchmal ansehen.

Die Taube ist nach drei Wochen wieder weggeflogen … Adieu, lieber Fred!

Eva Maria Pieckert: Auch Mutter war ein Fan von Fred

Eva Maria Pieckert.

Eva Maria Pieckert kommt wie Fred Frohberg aus Halle, nach dem Musikstudium war sie u. a. in mehr als 200 TV-Shows erfolgreich sowie Gast internationaler Festivals, z. B. 1984 in Sopot.

Ja, unser lieber Fred; irgendwie waren wir seelenverwandt, denn ich glaube daß er ziemlich ausgeglichen war und zufrieden mit dem, was er hatte. Er war einer, den man gern herzte und umarmte bei einem Wiedersehen, denn er war kein Heuchler. Auch solche berufstypischen Eigenschaften wie Mißgunst, Neid, übertriebener Ehrgeiz und Arroganz waren ihm fremd.

Es gab zwischen uns viele gemeinsame Begegnungen auf der Bühne, aber auch ganz privat. So erfüllte sich ein Traum meiner lieben Mutter. Er nahm die Einladung zu einem gemeinsamen Kaffeetrinken bei ihr zu Hause an. Dabei erzählte er ihr, daß es eine gute Entscheidung war, daß das Evchen ein Muikstudium absolviert hat, denn sie wäre sehr begabt. Von da an war sie beruhigt und kam allabendlich besser in den Schlaf. Auch war er bei mir und meinem Mann Gregor ein gern gesehener Gast in unserer Berliner Wohnung. Er erzählte uns in einer äußerst unterhaltsamen Weise von früheren Zeiten, denn schließlich war er einer der ersten Unterhaltungskünstler der ehemaligen DDR. Diese Gespräche waren für uns sehr interessant.

1996 erschien die CD „Das große Wunschkonzert der schönsten Volkslieder" weltweit bei dem Verlag Das Beste. Ich hatte das große Glück, für dieses Projekt ausgewählt zu sein. Als ich erfuhr, daß

Fred auch dabei ist, freute ich mich aufrichtig und dachte zurück an unser gemeinsames Duett „Brüderlein, Schwesterlein", das wir etwa 1983 in der Fernsehsendung „Im Krug zum grünen Kranze" aus Halle gesungen hatten. Wann immer ich Gelegenheit habe, so z. B. bei der letzten Sendung „Fröhliche Musikanten" im SFB, erzähle ich über diese wunderschöne CD sowie über unseren Fred.

Unsere letzte Begegnung hatten wir bei einer Veranstaltung in Halle auf der Peißnitzbühne am 6. Juni 1999 und zwar bei einem großen Sommerfest. Dort hörte er mir, so wie meistens, zu bei meinem Auftritt, drückte mich danach und sagte: „Das hast du gut gemacht, mein Mädel." Das sagte er immer, wenn wir einen gemeinsamen Auftritt hatten, und ich war sehr stolz darauf. Er selbst war in dieser Show mit vier Titeln geplant und gab etwa sechs Zugaben. Das Publikum liebte ihn und ich sah sogar Freudentränen. Das ist nicht übertrieben, denn ich hörte mir seinen Auftritt auch an und konnte es somit sehen. Daß sich Fred überhaupt Auftritte von Kollegen anhörte, war auch berufsuntypisch, denn die meisten Kollegen sind so selbstherrlich, daß sie nicht im Traum daran denken würden.

Letztes Jahr im Oktober hatte ich im „Theater des Westens" gemeinsam mit Kollegen eine Festveranstaltung „55 Jahre Volkssolidarität". Wir sangen am Schluß ein Hitmedley ehemaliger DDR-Schlager. Bei „Zwei gute Freunde" breitete sich nicht nur ein Lächeln über mein Gesicht, sondern auch in den Gesichtern der Zuschauer konnte man sehen, daß sie an unseren gemeinsamen Freund dachten. Fred und ich verkörpern zwei Generationen unserer damaligen Unterhaltungskunst und ich möchte mit den Worten eines Volksliedes enden, was Fred auf der schon erwähnten CD wunderschön interpretiert hat: „All' mein' Gedanken, die ich hab', die sind bei dir."

Frank Schöbel: Ein später Preis, der vom Herzen kommt

Frank Schöbel ist einer der beliebtesten Schlagersänger im Osten Deutschlands; erfolgreich in vielen, vielen Fernsehshows, zahlreichen Schallplatten, in DEFA-Musikfilmen, bei Tourneen rund um die Welt und vor allem auf den Unterhaltungsbühnen von Kap Arkona bis zum Fichtelberg.

Frank Schöbel.

Es war in meiner frühen Jugend – ich war so 12 bis 13 Jahre – als mich neben Peter Beil, Bärbel Wachholz, Elvis u. a. auch Lieder von Fred Frohberg erreichten. Im Sinne des Wortes – im Herzen, wie im täglichen Leben – und so sang ich mit meinem Freund Otto – vorletzte Bank, Mittelreihe – in der Deutschstunde zweistimmig „Zwei gute Freunde". Die Lehrerin war klein und hat nie rausgefunden wer da sang. Cleverness lernt man eben auch in der Schule. Andere Lieder, wie „Gabriela", „Steuermann ho …", „Einer wird bei Dir bleiben", „Über das weite Meer", sind mir noch heute in Erinnerung. Ja, er war eines meiner musikalischen Vorbilder in dieser Zeit.

Später traf man sich dann und wann abends im Hotel. Fred hatte sein Programm – ich meines. Die fachlichen und sonstigen Problemchen wurden bis in den frühen Morgen in lustiger und aufgeschlossener Runde „besprochen". Dabei fuhr er denen, die er mochte, als Zeichen gerne durchs Haar und lachte. Es war schön mit ihm zu sitzen und eine Wellenlänge zu haben – wie mit einem guten Freund. Unsere musikalischen Wege gingen auseinander, aber als Anfang der 70er Jahre das Komitee für Unterhaltungskunst gegründet wurde, nahm er

ganz selbstverständlich an einer Aktion, alle Sänger eines Landes singen gemeinsam das Lied „Alt wie die Welt", teil – für meine Begriffe „Weltrekord"! Das ganze fand in unserer gemeinsamen Heimatstadt Leipzig im „Haus der heiteren Muse" statt. Es war irre und ein von gegenseitigem Respekt getragenes Ereignis – heute Event!
Im gleichen Jahr vom 5. bis 8. September 1984 fand in Gera die Aufzeichnung der Sendung „35 Jahre DDR-Schlager" statt. Ich dachte mir am Klavier ein Medley aus. Fred und Frank werfen sich musikalisch „ihre Mädels" vor. Freds „Gabriela" oder Franks „Kristina" etwa. In der Kritik der „Berliner Zeitung" war zu lesen: „Der Schlager des Abends aber war für mich das vorzüglich von Rainer Oleak und Frank Schöbel arrangierte Duett mit Fred Frohberg und Frank Schöbel, in dem sie an musikalische Erfolge vergangener Jahre erinnerten. Daß es mir nicht alleine so ging, zeigten die Ovationen des Geraer Publikums."
Letztes Jahr erfuhr ich von meiner Tante Hanne und Onkel Herbert (Küttner), daß es Fred sehr schlecht geht – und Tantchen gab den Hinweis, Fred sei in der MDR-Sendung „Wiedersehen macht Freude" in Hoyerswerda dabei. Ich fuhr hin, um ihn zu sehen, zu quatschen so wie früher, aber die Krankheit hatte ihn – er mußte die Sendung kurzfristig absagen.
Eines hat er leider mit ins Grab genommen: die Nicht-Würdigung seiner Lebensleistung. Auch wenn die „Goldene Henne" – für meine Begriffe extra eingerichtet, damit Ost-Künstler schön unter sich feiern und daraus bloß kein gesamtdeutsches Ereignis wird – ein kleiner Ersatz ist. Ich sah ein paar Jahre nach der Wende die Bambi-Verleihung u. a. mit Catarina Valente, Fred Bertelmann – hatte die blanke Wut im Bauch und mein erster Gedanke war, da müßte – wenn wir wirklich eine Vereinigung gehabt hätten – Fred stehen! Aber die Sieger feierten und feiern heute noch unter sich.
Fred! – viele Deiner Freunde und ich tragen Dich im Herzen – nimmst Du diesen Preis an?
Dein Frank!

Gisela Steineckert: Ein Mann, ein Kerl, ein Weggefährte

Die Schriftstellerin arbeitete auch als Liedtexterin, Journalistin, Szenaristin u. a. für Film und Fernsehen, den Rundfunk, in Jurys bei Wettbewerben, Leistungsschauen und Festivals.

Giesela Steineckert.

Wie die meisten Leute in der DDR lernte auch ich ihn auf dem Bildschirm kennen. Da stand er, ein Kerl, die Behinderung durch die Kriegsverletzung war ihm, wie er so am Mikrofon stand, nicht anzumerken. Außer im Blick. So jung er war, in den Augen war etwas Reiferes, als die Jahre ihm geben konnten. Ein gutes Gesicht, habe ich damals gedacht, und ich war längst nicht so weit, daß ich ihn fachlich, kollegial anders als ein Gesamterlebnis hätte einschätzen können. Er hatte die Töne, und er hatte das Herz, um zu singen. Zunächst einmal die Lieder, die andere schon vorgeprägt hatten, Coverversionen nennt man das heute. Lieder, die er von Paul Robeson übernahm. Das waren Arbeiterlieder und solche des Aufbegehrens, da konnte trotz englischer Sprache politisch nichts passieren. Für den Swing brauchte er das Ablauschen bei Frank Sinatra, und dann kamen seine eigenen Lieder, Schlager, die meisten wohl biederer, aber ihm insofern gemäß, als sie treuherzig waren, von einem guten Menschen für eine bessere Welt gesungen.

Sehr viel später trafen wir uns. Aus freudigem Anlaß, denn im Jahr 1973 war ich als Jurymitglied bei der III. Leistungsschau der Unterhaltungskunst in Leipzig an der Vergabe der Goldmedaille an ihn beteiligt. Ich habe selten jemanden so strahlen sehen, und daß er es nicht erwartet hatte, war ganz echt.

Mir schien er immer ein besonders bescheidener Mensch – ich habe auch das auf sein Grunderlebnis Krieg zurückgeführt. Nun lebte er in einem Land, das sich belehrt fühlte durch soviel Entsetzen, in dem es insgesamt bescheiden zuging, das nach Frieden und mehr sozialer Gerechtigkeit strebte – aber irgendwann nur noch zu streben schien. Er war, machen wir es nicht größer, ein Schlagersänger, ein Unterhaltungskünstler, das ist für mich dann schon wieder eine höhere Etage. Er konnte sein Publikum unterhalten und ich habe niemals auch nur den Hauch berechnender oder gar zynischer Haltung gegenüber den Menschen gefunden, die sich feingemacht hatten, Eintritt bezahlten und sich an ihm erfreuten.

Er hatte Erfolg, o ja. Im kleinen Land war nicht gar so schwer, berühmt werden, und er verdiente das durchaus. Mag er Privilegien gehabt haben dadurch, sie sind mir nicht bekannt, und jene Zeit war auch noch nicht die der hochgestochenen Forderungen, die später in Schwung kamen bei „unseren Lieblingen". Was sich da in ihm wandelte, seine Freude in gelegentliche Schwermut, seine absolute Zugehörigkeit „zum Ganzen" in Nachdenklichkeit und auch Abstand, das habe ich nicht aus der Nähe beobachten können.

Aber er hat darüber gesprochen. Nicht auf die anderen weisend, nicht herablassend, sondern geziemend und ruhig, wie es seine Art war. Es war in Woltersdorf, dort fand eine Beratung der Unterhaltungskünstler statt, wer wollte, konnte der Einladung von Partei und Ministerium folgen, und wer ein Herz hatte und ein bißchen Courage, der konnte sich aussprechen. Das war Mitte der achtziger Jahre. Da sprach der Mann, der inzwischen gereift und besonnen genug war, von den Veränderungen im Wesen dieser Gesellschaft. „Es ist kalt geworden bei uns", sagte er, „ich friere." Er sprach von einem weniger an Nähe, einem Auseinanderfallen von Lebensansprüchen, und er spüre das. Und ich spürte, daß da auch Resignation war. Es war ein Thema, über das er auch dort sprach, aber nicht

zum ersten Mal, und es trieb ihn um, daß da etwas ganz anders gelebt als versprochen wurde. Und ich merkte, er hatte eigentlich keine Hoffnung, seine Worte hier würden nun etwas bewirken, gar ändern. Es war so, und er hielt das bereits für unabänderlich.
Wir haben uns vielleicht nur ein halbes dutzendmal getroffen, meist in großem Kreis, das zählt nicht wirklich. Zum Treffen im Familienkreis ist es nie gekommen. Oder galt es doch etwas? Als wir uns das letzte Mal trafen, war es an einem Ort, den wir wohl beide nicht ganz unbefangen besuchten. Es hatte sich zu vieles und zu schnell geändert. Auch auf dieser Zeitungsparty gab es Gruppen und Grüppchen und schon viel Fremdheit. Nein, ich muß sagen noch. Denn inzwischen ist auch da schon wieder alles ganz anders.
Aber wir beide standen uns auf einmal gegenüber und fielen uns in die Arme. Die Vorgeschichte verlangte das nicht unbedingt, aber uns war so, und die Tränen standen uns beiden in den Augen. Wir hielten uns fest, als könnten wir etwas an Welt festhalten, was es nicht mehr gab. Was aber in unser Leben gehörte. Wenn ich an ihn denke, habe ich das Gefühl einer möglichen Freundschaft, die nicht gelebt werden konnte. Ich hab ihn nicht vergessen und wünschte mir manchmal in der „Szene" mehr von seiner Moral, seinem Wollen und seiner Liebenswürdigkeit. Ein Mann, ein Kerl, ein Weggefährte: Fred Frohberg.

Ingeborg Stiehler

Die Journalistin aus Leipzig hat ein spezielles Interessengebiet: Kultur – von Gewandhaus, Ballett bis Dokumentarfilmwoche, von David Oistrach bis Fred Frohberg. In ihren Porträts bedeutender Künstler geht es nie vordergründig um deren Arbeit, sondern stets um die Gesamtpersönlichkeit.

Ingeborg Stiehler.

Meine Verbundenheit zu Fred reicht zurück in die 60er Jahre. Von Kindheit an selbst mit Liebe zur Musik, zum Musizieren und Singen aufgewachsen, interessierten mich als junge Journalistin vor allem Leben und Wirken von Musikerpersönlichkeiten, und zwar sehr im großen Bogen künstlerischer Vielfalt – von der heiteren Muse bis zur klassischen Musik und zu Größen wie David Oistrach.

Und im Bereich der „heiteren Muse" bestätigte sich mir stets von neuem, wieviel ernsthafte Arbeit, künstlerisches Empfinden, vielseitigste Bemühungen um Qualität zu einem solchen internationalen Erfolg gehörten, wie ihn Fred in all den Jahren erreichte. Tausende von Menschen – weit über die Grenzen hinaus – bereicherte er durch seine mitreißende Gestaltungsgabe, seine wunderbare, wandlungsfähige Stimme. Er wurde für mich das überzeugende Beispiel für den ernsthaften Anspruch, den die „heitere Muse", die so eine ungewöhnliche Breitenwirkung besitzt, von jedem verlangt.

Das Entscheidende für mich war, als ich Fred immer wieder erlebte, daß er nicht wie so manch anderer Schlagersänger „auf Wirkung" setzte, sondern im Text, in der Musik, die er so oft selbst komponiert hatte, lebte, und so jene Einheit von Form und Inhalt erreichte, die ausstrahlt.

Das empfand ich nicht nur bei seinem erfrischend lebendigen Schlagergesang, bei flotten, heiteren wie besinnlichen Texten, ebenso jedoch bei nationaler und internationaler Folklore in ihrer Farbigkeit, in Shanties und Songs. Und natürlich fesselte das nicht nur mich. Vor allem berührte mich immer wieder auf der Bühne wie im Leben seine Natürlichkeit, die menschliche Wärme, sein uneitles Auftreten.
Ich bin froh, daß ich über Jahre oft Artikel über Fred schreiben und all das wiedergeben konnte. So erlebte ich auch sein familiäres Umfeld, das gemütliche Heim, die häusliche Harmonie, seine Freude an der Natur. Erstaunlich seine ornithologischen Kenntnisse, denn jeden gefiederten Gartenfreund kannte er. Hier, das fühlte man sofort, lag eine der wesentlichen Quellen für seinen Erfolg, für den er unendlich viel Bemühungen um Leistung, um Neues einsetzte – auch wenn das manchen Verzicht für ureigenste „Welten" kostete.
Gerne denke ich an große und kleine Kulturveranstaltungen, die ich jahrelang geleitet habe – viele im repräsentativen Rahmen, andere in kleinen Gesprächsrunden, wo ich Fred sehr persönlich vorstellen konnte, z. B. in Wurzener Veranstaltungsreihen, in Leipziger Klubs ...
Er war so herrlich locker, impulsiv und humorvoll, von oft erheiternder Sachlichkeit, auch köstlicher Eigenbetrachtung. In solchen „Moderationen", wie das heute heißt, konnte ich viele Brücken zum Publikum bauen – und mancher lernte den internationalen „Star" dabei von seiner schlichtesten Seite kennen.
Viele seiner Weggefährten erlebte ich in ähnlicher Weise, journalistisch und persönlich: Walter Eichenberg, Alo Koll, Helga Brauer ... Und stets kamen sie auf „ihren Fred" zu sprechen, war er also wieder „dabei".
Interessant und aufschlußreich war es für mich zum Beispiel, als er mit dem ihm eigenen Engagement über seine erst ungewohnte Lehrtätigkeit erzählte. Er unterrichtete wohl zwei Jahre an der Leipziger Hochschule für Musik „Felix Mendelssohn Bartholdy" jungen Sängernachwuchs seines Genres. Gewiß fehlte ihm, wie er ehrlich meinte, manch methodisches Grundprinzip, aber seine reichen Praxiserfahrungen, die er mit Begeisterung und Liebe vermittelte –

übrigens auch streng und konsequent bei Fehlverhalten –, trugen Früchte. „Man erkennt vieles neu, wenn man's formuliert und lernt dabei selbst dazu", meinte er einmal, wenn es ihm um bewußte Textverständlichkeit, die er vorbildlich beherrschte, um echtes Erfassen von Inhalten, auch um Atemtechnik ging. Mich beeindruckte sehr, wie er sich immer neu mit dem Reichtum der Musikliteratur befaßte – auch der Klassik, des Barock – natürlich mit Händel und Bach. „Daran kommt bekanntlich niemand vorbei", seine Meinung.

In meiner kurzen Rückschau auf dieses reiche Künstlerleben denke ich gerne auch an Freds Zusammenwirken mit dem kanadischen Liedsänger Perry Friedman, an die gemeinsame Freude und Unterstützung der damaligen „Singebewegung". Manche „Singeklubs" an Schulen, in Kulturzentren, in Stadt und Land waren beiden zu danken. Und ebenso erinnere ich mich an Dean Reed, den amerikanischen Friedenssänger. Er kam 1972 erstmals nach Leipzig zur Internationalen Dokumentar- und Kurzfilmwoche, war als Mitglied der Kulturkommission des Weltfriedensrates dabei Ehrengast. Im Pressebüro tätig, nützte ich die Möglichkeit, Fred, der gut Englisch sprach, mit Dean – der ebenso natürlich und kontaktfreudig war wie er – zu interessanten Gesprächen zusammenzuführen. Beide hatten schnell die gleiche „Wellenlänge" entdeckt. Sie tauschten Erfahrungen aus über Texte, Auftritte, Musiken, über die Menschen, die sie erreichen wollten – und konnten! Das bleibt für mich unvergessen.

Und ebenso vergesse ich nie die freundschaftliche Verbundenheit und Haltung in schweren Tagen. Er war mit meinem Mann Dr. Wilhelm Stiehler, einst Kulturredakteur der „Mitteldeutschen Neuesten Nachrichten" und 1964/65 Leiter des „Klubs der Intelligenz" beim Kulturbund, nicht nur fachlich verbunden, sondern auch menschlich. Fred unterstützte damals manche Klubveranstaltungen und war eben „da", wenn man ihn brauchte. Als mein Mann hoffnungslos erkrankte, begleitete Fred auch diese Zeit teilnehmend weiter.

Nun schloß sich sein eigener Lebenskreis allzu früh. Wir alle werden ihn immer vermissen und nicht vergessen. Und seine Stimme bleibt …

Manfred Uhlig: Der „getürkte" Geburtstag

Der Schauspieler und Kabarettist wurde u. a. bekannt durch die TV-Show „Ein Kessel Buntes", seine originellen Geschichten zu Städtegründungen in „Alte Liebe rostet nicht" und viele andere Rundfunkauftritte.

Ich weiß heute nicht mehr, wie oft Fred als Gesangssolist bei „Alte Liebe rostet nicht" mit dabei war. Auf jeden Fall war es immer schön mit ihm, egal ob auf der Bühne während der Veranstaltung oder nach der Sendung beim fröhlichen Beisammensein gemeinsam mit dem Publikum im Saal. Wenn die „Scherbelberger Musikanten" zum Tanz aufspielten, kochte in kurzer Zeit der Saal, und es passierte mitunter, daß Günter Hansel und mich der Hafer stach und wir irgend etwas Verrücktes anstellten.
So auch in Eisenach zu vorgerückter Stunde. Kurz vor Mitternacht haben wir Fred hinter die Bühne gelockt und ihm erzählt, daß Punkt

Auf Tour mit Manfred Uhlig.

zwölf Günter Hansel die Bühne betritt, den Tanz unterbricht und dem Publikum mitteilt, daß soeben der alte Tag zu Ende gegangen sei, und da der doch soooo schön gewesen wäre, wollen wir zusammen mit Fred Frohberg das Lied anstimmen: „So ein Tag, so wunderschön wie heute"! Fred sagte sofort: „Super, das mach' mer." („Super" war ein Leib- und Magenwort von ihm, das er bei jeder Gelegenheit anbrachte.) Gesagt, getan, Günter Hansel geht raus, Tusch von den „Scherbelbergern" und Hansel spricht: „Liebe Eisenacher, darf ich einen Augenblick um Gehör bitten. In diesem Moment ist der alte Tag vorbei, und ich habe das große Vergnügen Ihnen mitzuteilen, daß seit einer Minute Fred Frohberg Geburtstag hat!" Und schon brach im Saal der Jubel aus. Ich sagte nur noch: „Fred, jetzt mußt du, ob du willst oder nicht, raus" und schob ihn auf die Bühne. Unter dem frenetischen Gesang von „Happy birthday to you" ging Fred, der ja gar keinen Geburtstag hatte, ans Mikrofon und wurde gefeiert. Als er dann nach einer Weile zu Wort kam, sprach er: „Liebe Eisenacher, Sie sehen mich sprachlos, mir fehlen die Worte, ich bin überrumpelt worden, Manfred und Günter hatten mich nur gebeten, weil es doch heute hier so schön ist, das Lied anzustimmen: ‚So ein Tag, so wunderschön wie heute'." Und wie auf Kommando sang sich Eisenachs größter Saalchor mit diesem Lied die Lunge aus dem Hals. Kunststück, unter Freds Anleitung! Mal unter uns, damals wären die heutigen „Fischerchöre" eine harmlose Liedertafel gewesen.

Am anderen Morgen beim Frühstück sagte Fred: „Ich hätte nie geglaubt, daß man einen Geburtstag, den man gar nicht hat, so schön feiern kann."

Peter Wieland: Ein Titel – zwei Interpreten

Peter Wieland.

Nach dem Gesangstudium am Theater in Neustrelitz wirkte Wieland als Sänger musikalisch anspruchsvoller Lieder – vom Schlager bis zum Chanson. Vor allem auch als Musicalinterpret bekannt, war er auch Gestalter eigener Unterhaltungssendungen bei Rundfunk und Fernsehen.

Die Wirren der ersten Nachkriegsmonate ließen meine Familie – Mutter mit fünf Söhnen und Oma – in Köthen/Anhalt Zuflucht suchen. Der Vater war an der Ostfront verschollen. Wir waren als sogenannte Umsiedler von Stettin nach Köthen gekommen, wo einst Johann Sebastian mit seiner Anna-Magdalena, wie er selbst sagte, die sieben schönsten Jahre seines Lebens verbracht hatte. Bevor er Thomaskantor wurde. In aller Bescheidenheit: Ich war auch über sieben Jahre in dieser Stadt. Es sollten die härtesten, aber auch die prägendsten meines Lebens werden. Ich versuchte mich als Zimmermann, Kaufmann im Großhandel, sang im Kirchenchor, nahm Gesangstunden und 1950 bestand ich die Aufnahmeprüfung an der Deutschen Hochschule für Musik in Berlin. Nun werden Sie fragen, geneigter Leser, was hat das alles mit Fred Frohberg zu tun?
Die Schlafstätte für meinen Bruder Klaus und für mich war eine Dachkammer mit zwei Betten, zwei Stühlen und einem Tisch. Es war in den 40er Jahren. Wenn ich abends von der Arbeit kam, stank es in der Bude grauenhaft. Mein jüngerer Bruder hantierte mit Lötkolben, Zinn, Kolophonium, Drähten, Röhren, Widerständen und einem kleinen Lautsprecher. Und für mich, als Schnittmusterbogen erkennbar,

lag da so eine Art Zeichnung. Ich habe ihn natürlich mit wüsten Beschimpfungen belegt. Was sagt dieser Lümmel? „Ich baue ein Radio!" Ich wieder: „Das schaffst du nie!" Schließlich war ich doch der Ältere und mußte es wissen. Kurz und gut, eines morgens kam aus dem mit Drähten angeschlossenen, lose herumliegenden Lautsprecher Musik. Da sang einer, ich weiß es noch wie heute: „Guten Morgen lieber Hörer, Leipzig sendet Frühmusik, die bald leichter und bald schwerer allen schenken soll nur Glück." Es war Fred Frohberg, ich war sprachlos und hingerissen. Jahre später, 1952, bin ich Fred Frohberg erstmals in Berlin begegnet, wo er mit dem Orchester Henkels und Irma Baltuttis gastierte. Und Tage nach dem Konzert traf ich, es ist unglaublich, aber wahr, den Fred auf dem Bahnhof Friedrichstraße und machte – Student wie ich war – klopfenden Herzens, ein artiges Kompliment. Und er reagierte unerhört freundlich, zurückhaltend, liebenswert, mit sympathischer, gerade zu warmherziger Ausstrahlung. Dieser erste Eindruck hat sich später, als wir Kollegen wurden, noch verstärkt. Und manches von seiner Fröhlichkeit und seinem Habitus hat auf mich abgefärbt, das muß ich mal sagen. Wenn mir damals einer prophezeit hätte, daß wir beide keine zehn Jahre später auf eine Platte gepreßt würden, ich hätte das niemals geglaubt. Seitdem mein Sprichwort: „Es gibt nichts, was es nicht gibt!" Noch dazu, wo ich doch ein „bedeutender Opernsänger" werden wollte!
1954 bekam ich tatsächlich einen Fachvertrag als 1. Bariton für das Theater in Neustrelitz, aber ich hatte immer ein Ohr am Radio und ein Herz für die Unterhaltung. Während dieser Jahre habe ich dreimal vorgesungen beim Deutschlandsender. Und siehe da, endlich klappte es beim Sender und bei AMIGA, der einzigen Plattenfirma der DDR. Und dann lag sie eines Tages vor mir, die erste Schellackplatte in meinem Leben, 78 Umdrehungen in der Minute! Es war ein Blues von Hans Bath, der natürlich sehr traurig war. „Ich geh allein durch dunkle Straßen und denke Dein bei jedem Schritt … und nur die Sehnsucht, die wandert mit!" Ach, herrlich tragisch! Es stieg natürlich Tag für Tag

meine Pulsfrequenz, denn jetzt im Frühling 1957 wurde der Titel zum ersten Mal angekündigt in der Radiozeitung „Unser Rundfunk". Die Reihe hieß: „Neue Stimmen auf AMIGA". Alle Verwandten und Freunde wurden benachrichtigt, unbedingt Radio zu hören. Die Sendung lief. Vor mit der Titel „Tulpen aus Amsterdam". Der Sprecher nahm das Thema ab und wünschte der neuen Stimme nicht nur Tulpen, sondern Blumen über Blumen zum Neubeginn. Hier Peter Wieland mit „Er geht allein durch dunkle Straßen". Aber nun begann ein abgrundtiefer 3minütiger Leidensweg nicht nur durch „dunkle Straßen", sondern durch alle Tiefen der Hölle größter menschlicher Ego-Qualen! Der Titel war vorbei, ein Telefonanruf: „Mensch, Junge, du bist ja großartig! Du bist ja besser als Fred Frohberg!" – „Was bin ich?" Meine Stimme kannte ja keiner, meine Damen und Herren, ich bin auf ihre späte Schadenfreude gefaßt. Der dort mit meinem Namen angekündigt sang, war – echt – Fred Frohberg! Er hatte sich selbst übertroffen, er war also besser als Fred Frohberg! Er war – und das muß man mal allen Ernstes sagen – zumindest damals, in unseren Sendegebieten, das Maß aller Dinge! Wie konnte das passieren? Nun, auch alle Radiostationen mit entsprechenden Orchestern, produzierten damals ihre Musikprogramme. So produzierte der Sender Leipzig mit Kurt Henkels nahezu zur gleichen Zeit, wie ich bei AMIGA, diesen Blues – aber eben mit Fred Frohberg! Und im Musikarchiv in Berlin griff der Musikredakteur nach dem Titel, ohne nach dem Namen des Interpreten zu achten – es ist ja auch Quatsch mit zwei Sängern gleichzeitig den selben Titel aufzunehmen, aber es war eben nicht koordiniert – und schon war das Unglück geschehen! Fred ertrug es gelassen. Diese Gelassenheit hat mir so imponiert, die habe ich versucht zu übernehmen. Manches von seinem Habitus auch, aber – genau das ist mein Lebensinhalt geworden – nicht ärgern, nur wundern. Denn, auch dieses Leben ist, wie wir alle wissen, endlich. Ein Grund mehr, sich daran zu erfreuen. Fred hat Zuversicht und Freude gespendet, er mußte viel zu früh gehen, aber: Wen die Götter lieben … Danke, lieber Fred. Dein oller Peter Wieland! Wir sehen uns!

Aus dem Programm des mdv

Die Schwestern Bardua

Roman
Christa Eschmann

240 S.,
Festeinband,
35,80 DM 17,80 €
ISBN 3-89812-073-2

Sie entspricht nicht den Wertvorstellungen ihrer Zeit, und man sagt von ihr, sie sei die „wilde Katze vom Brocken, ein tolles, unbändiges, beinahe männliches Wesen": die Malerin Caroline Bardua (1781–1864). Was sie wirklich ist: eine selbstbewußte Frau, anerkannt in ihrem Beruf und in der Lage, ihren Lebensunterhalt zu verdienen.

Anders dagegen das Leben ihrer Schwester Wilhelmine (1798–1865). Im Schatten ihrer bekannten Schwester ist es ihr nicht vergönnt, mit ihrer musikalischen Begabung finanziell unabhängig zu werden. Darunter leidet sie ein ganzes Leben.

Poetisch und einfühlsam schildert Christa Eschmann anhand von Tagebuchaufzeichnungen das Leben der beiden ungewöhnlichen Schwestern, ihre Begegnungen mit berühmten Zeitgenossen wie J.W. von Goethe, Johanna Schopenhauer und Caspar David Friedrich.

Alle Bücher des mdv sind im Buchhandel erhältlich oder direkt über den Verlag zu beziehen.

 **Mitteldeutscher Verlag**
Große Brauhausstraße 18 • 06108 Halle (Saale)
Tel. (0345) 223316, Fax (0345) 223366

Aus dem Programm des mdv

Klassentreffen

Biographische Bescheide
aus der Robinson-Generation
Wolfgang Gabler, Bernhard Sölzer (Hrsg.)

284 S.,
Klappenbroschur,
24,80 DM   13,00 €
ISBN 3-89812-053-8

25 Jahre nach dem Abitur treffen sich ehemalige Schülerinnen und Schüler einer Erweiterten Oberschule in einer ostdeutschen Kleinstadt. Wie das bei Klassenstreffen so ist, reden sie von früher und von heute, lachend, nachdenklich, verbittert, wütend. Lebenswege werden deutlich, die es wert sind, dokumentiert zu werden, denn die heute 45jährigen gehören zu der Generation, der beigebracht wurde, daß der Sozialismus siegt, und für die die Welt nach der Wende dann ganz anders aussah. Trotz gemeinsamer Grunderlebnisse kann von kollektiver Erfahrung, Haltung und Weltanschauung nicht die Rede sein. Die aufschlußreichen Berichte sind keine DDR-Nostalgie und keine Verherrlichung heutiger Verhältnisse. Sie erzählen davon, wie schwer und schön es sein kann, sich behaupten zu müssen.

Alle Bücher des mdv sind im Buchhandel erhältlich oder direkt über den Verlag zu beziehen.

   **Mitteldeutscher Verlag**
Große Brauhausstraße 18 • 06108 Halle (Saale)
Tel. (03 45) 22 33 16, Fax (03 45) 22 33 66

Die Deutsche Bibliothek – CIP-Einheitsaufnahme
Anders, Manfred:
Fred Frohberg : zwei gute Freunde / Manfred Anders. – 1. Aufl.. –
Halle/Saale : mdv, Mitteldt. Verl., 2001

ISBN 3-89812-091-0

Bildnachweis:
Christa Benjack (S. 33, 34, 35, 99), H. L. Böhme (S. 118), Heinz Brieger (S. 116), Brüggemann (S. 50, 124), Daßdorf (S. 60), Jürgen Domes (S. 30, 61, 81, 120), Dagmar Gelbke (S. 129), Rolf Heynemann (S. 90 u.), IMAGE Fabrik Halle (S. 16), P. John (S. 155), Ingrid Kayser (S. 140), Barbara Köppe (S. 101), Kurt Krone (S. 165), Hildegard Levermann-Westerholz (S. 95 u.), Bernd Lammel (S. 126), Lips (S. 89), Löber (S. 94), mdv (S. 15, 27) Privat (S. 4, 38, 40, 42, 45, 48, 57, 59, 63, 65, 73, 75, 77, 85, 86, 88, 90 o., 91, 92, 102–105, 109, 112, 132, 135, 137, 143, 145, 152, 162, 167), Prüstel (S. 80), Hans Ratmann (S. 151), Günter Rössler (S. 97), Gerhard Royé (S. 70), Maria Ruttmar (S. 159), Frank Schöbel (S. 157), Günter Schmidt (S. 95 o.), Helmut Schmidt (S. 79), Otto Seyfert (S. 87), Lothar Sprenger (S. 148), Helfried Strauß (S. 100), Ursula Torka (S. 71), Marc Verwiel (S. 113), Heinz Zeidler (S. 93)

Alle Rechte vorbehalten

1. Auflage 2001
© mdv Mitteldeutscher Verlag GmbH, Halle (Saale) 2001
Printed in Germany